눈과
사람과
눈사람

눈과
사람과
눈사람

임솔아
소설

문학동네

차례

줄 게 있어

"줄 게 있어."

기열의 목소리는 가뿐했다.

"거기서 기다려."

콘크리트 바닥에 신발로 빗금을 그어가며 나는 기열을 기다렸다. 아파트 창문들이 일제히 노을빛을 반사하고 있었다. 단지 입구 정류장에 버스가 멈춰 서는 게 보였다. 문이 열리자 사람들이 우르르 쏟아져내렸다. 어린아이의 손을 잡은 엄마들도 있었고 집업 점퍼에 두 손을 넣은 아저씨도 있었고 노부부도 있었지만, 모두들 같은 방향으로 걸어갔다. 같은 방향으로 걷는 사람들은 점점 많아져 금세 거대한 행렬이 되었다. 오늘이 무슨 날이었나. 나는 상가 자판기에서 율무차를 뽑아 만지작거렸다. 몇몇 창문에 불이 켜졌다. 앙금이 가라앉은 채 식어버린 율무차를 손가락으로 휘휘 저어 마시고 있는데 무언가가 터지는 소리가 들렸다. 연이어 들렸다. 하늘에서 새빨간 불꽃이 사방으로 떨어져내렸다. 길을 건던 사람들이 동시에 입을 벌리고 하늘을 쳐다보았다. 오늘이었구나. 다른 사람들처럼 나는 핸드폰을 꺼내 동영상을 찍었다. 화면 가득 불꽃이 보이도록 줌을 하면서 불꽃을 향해 한 발씩 걸어갔다. 인파에 섞여 횡단보도를 건넜고 언덕을 내려갔다. 한강으로 진입하는 굴다리까지 통과하고서야 기열이 떠올랐다. 한강으로 와. 기열에게 문자를 보냈다. 한강 산책로는 이미 사람들로 꽉 차 있었다. 강둑 끄트머리에 서서 목을 꺾고 불꽃축제를 구경했다. 불꽃축제가 끝나도록 기열은 오지 않았다.

핸드폰이 울리는 소리에 머리맡을 더듬었다. 이 시간에 전화할 일이 없는 친구였다. 누구라고? 눈을 감은 채 되물었다. 기열이가 죽었어, 입안 가득 빵을 욱여넣은 듯한 목소리로 친구가 말했다. 캄캄한 방에 멍하니 누워 있다가 방문을 열고 거실로 나갔다. 네모난 테두리가 빛나고 있었다. 테두리를 밀자 빛이 쏟아졌다. 꽁지머리를 한 아버지가 책상에 앉아 있었다. 돋보기를 코에 걸친 채 나를 돌아보았다.

“아빠, 기열이가 죽었대요.”

아버지는 눈앞으로 흘러내린 몇 가닥의 머리카락을 귀 뒤에 꽂았다. 책 사이에 책갈피를 끼웠다. 천천히 책을 덮고 돋보기를 벗으며 아버지는 싱긋 웃었다. 한쪽 볼에 동그랗게 보조개가 파였다.

"악몽을 꾸었나보구나."

어렸을 때, 자주 새벽에 깨어 지금처럼 서재 문을 열곤 했다. 그때마다 아버지는 나를 번쩍 들어 안고서 내 방에 다시 나를 뉘어주었다. 잠들 때까지 옆에 앉아 이마를 쓸어주었다. 꿈이 아니라고 말하려다 말을 꿀꺽 삼켜버렸다. 그런 말을 해서는 안 될 것만 같았다. 내 입술과 혀로 기열의 죽음을 확언할 마음의 준비가 나는 되어 있지 않았다.

아버지는 의자를 밀고 일어나 내 손을 잡고 내 방까지 나를 데려다주었다.

기열의 친구들도, 기열의 이름만 아는 아이들도, 기열의 이름을 모르던 아이들도, 종일 기열에 대해 이야기했다. 몇몇 아이들은 점심을 먹지 않았고, 몇몇 선생들은 수업 도중 눈물을 흘렸다. 몇몇 아이들은 이 반 저 반을 돌아다니며 기열을 잃은 슬픔에 대해 이야기했다. 갑자기 모든 사람이 기열을 사랑하기 시작했다. 기열, 불꽃축제, 강둑, 개쑥갓, 영후, 그래서 그랬대…… 비슷한 낱말들이 저마다의 입에서 반복되었다. 수업이 끝나자 선생들은 학생들과 행렬을 이루어 병원으로 향했다. 불꽃축제를 보러 가던 행렬과 이 행렬이 자꾸 겹쳐 보였다. 나는 행렬에서 조금씩 뒤처

져갔다. 멀어지는 사람들을 바라보다가 뒤돌아섰다. 버스 정류장에는 여전히 서울불꽃축제 홍보 포스터가 붙어 있었다. 내 핸드폰 앨범에는 어제저녁에 찍은 불꽃축제 동영상이 있었다. 문자메시지 목록을 거슬러올라가, 기열과 나누었던 메시지를 차례대로 열어보았다. 기열이 주려 한 것이 무엇이었는지 짐작이 가지 않았다.

경고음이 복도에 퍼졌다. 현관 비밀번호를 틀렸다. 처음 있는 일이었다. 아랫입술을 쥐어뜯고 있을 때 벌컥 문이 열렸다. 이 시간에 아버지가 문을 열어주는 것도 처음 있는 일이었다. 아버지는 두꺼운 책 한 권을 들고 있었다. 나를 소파에 앉힌 후 내 무릎 위에 책을 펼쳤다. 식물도감이었다. 아버지는 목록을 손가락으로 훑어내렸다. '잡초' 목록에 개쑥갓이 있었다. 개쑥갓의 이파리는 생선 가시를 닮아 있었다. 노란 꽃잎은 헝클어진 머리카락을 닮아 있었다. 꽃 같지도 않은 꽃이었다. 개쑥갓같이 생긴 개쑥갓이었다.

"일 년 내내 꽃이 핀다네. 길가에 흔히 자란대."

흔히 자란다는데 본 적이 없었다. 흔한 길가도 흔한 개쑥갓도 흔히 바라보게 되진 않았다.

"선생님께서 전화하셨다. 이게 기열이 교복 안주머니에서 발견됐다며."

나는 고개를 주억거렸다. 배경은 흐릿하고 개쑥갓만 초점이 맞아 선명한 그 사진을 손끝으로 더듬다가 나는 기열과의 통화 내용을 아버지에게 말해주었다.

"이 개쑥갓을 주려고 했을까."

아버지는 내 어깨에 손을 올렸고 묵직하게 힘을 주었다. 울퉁불퉁한 손가락 관절 때문에 어깨뼈가 아파왔지만 왠지 아프다는 말을 할 수 없었다. 아버지는 오래 그러고 있다가 불쑥 일어나 집밖으로 나갔다.

바짓단에 흙이 묻은 채로 아버지는 돌아왔다. 한 손에는 모종삽이, 다른 한 손에는 화분이 들려 있었다. 내 방 창가에 그 화분을 놓아두었다.

"우리가 이 개쑥갓을 잘 키워보자."

손을 탁탁 털며 아버지는 웃었다. 한쪽 볼에만 생기는 보조개가 검고 동그란 그림자를 드러냈다. 그걸 보자 내 한쪽 볼에도 똑같은 그림자가 피어났다. 아버지는 잔머리가 여기저기 삐져나온 꽁지머리를 풀고 손으로 빗질을 해가며 다시 묶었다. 나는 밥그릇에다 물을 받아왔다. 조심스럽게 화분에 부어주었다. 밑동에 난 털마다 물방울이 맺혔다. 비가 오는 날처럼 젖은 흙냄새가 퍼졌다.

소파에 앉아 쇼 프로를 보다가, 쓰레기통 옆에 앉아 발톱을 깎다가, 거울을 보며 양치를 하다가, 나는 자주 창가로 걸어가 개쑥갓을 보았다. 줄기가 어느 방향으로 뻗어나가는지를, 밤에는 어떤 모양으로 꽃이 오므라드는지를, 아침이면 오므라들었던 꽃이 어떤 모양으로 펼쳐지는지를 보았다. 꽃잎은 만지면 부서졌다. 만지지 않고 바라보는 방법을 조금씩 익혀나가게 되었다. 바라보는 일은 무언가를 기다리는 일과 비슷했다. 기다리는 일은 무언가를 지키고 있는 일과 비슷했다.

"잘 크고 있네."

아버지도 매일 화분을 지켜봐주었다.

시든 꽃잎들은 실밥 같았다. 창문을 열어놓은 날이면 노란 실밥들이 바람을 타고 창밖으로 날아갔다. 반대로 나에게로, 내 침대맡까지 굴러오는 실밥도 있었다. 발치에 흩어져 있는 꽃잎들을 주워 창문 밖으로 날려보냈다. 고개를 쭉 빼고 눈을 가늘게 뜬 채 실밥이 허공을 부유하는 걸 지켜보았다. 실밥은 빙글빙글 돌면서 멀리 보이는 한강을 향해 사라져갔다. 사라진 자취를 더듬거리며 나는 창턱에 엉덩이를 걸쳤다. 한 손으로 창틀을 쥐고 창밖으로 상체를 비스듬히 기울였다. 순간, 무언가가 나를 번쩍 들어올렸다. 두 팔로 내 허리를 휘감아 조여서 '컥' 소리와 함께 기침이 나왔다.

"괜찮아. 이제 괜찮대도."

나를 방바닥에 내려놓으며 아버지가 중얼거렸다.

"뭐가요?"

배를 쥐어잡고 남아 있는 잔기침을 뱉어내며 나는 물었다. 아버지는 얼굴이 파랗게 질린 채 괜찮다는 말을 반복했다. 그러다가 나를 왈칵 끌어안았다.

"네 잘못이 아니야. 그 생각부터 버려야 한다."

나는 눈을 껌뻑거렸다. 물컹한 생선처럼 '잘못'이라는 말의 의미가 미끄러져 바닥으로 떨어져버리는 것 같았다. 아버지는 도와주겠다고 했고, 맹세한다고 했고, 영후도 맹세하느냐고 물었다. 아버지가 계속 고개를 끄덕이기에 나도 얼결에 고개를 끄덕였다. 아버지가 내 몸을 놓아주고 열려 있는 창문을 닫을 때에야 미끄러졌던 의미들이 바닥에서 퍼덕거리기 시작했다. 내가 잘못했다고 생각해본 적이 없다는 사실을, 나는 그제야 알게 되었다.

화분을 볼 때마다 아버지는 같은 말을 건네기 시작했다.

"영후야. 네 잘못이라는 생각을 버려야 한다."

입을 벙긋거릴 때마다 한쪽 볼에 보조개가 생겼다가 사라졌다가 다시 생겨났다. 그걸 볼 때마다 나는 멍해졌다. 눈앞이 새카매졌다. 어둠 속에서 불꽃 한 점이 긴 꼬리를 흔들며 천천히 공중으로 떠오르는 게 보였다. 솟아오르던 불꽃은 한순간에 요란한 소리를 내며 산산이 부서졌다. 입을 벌린 채 불꽃을 바라보던 때처럼 나는 입을 벌린 채 아버지의 보조개를 바라보았다. 생각해보지도 않은 생각을 어떻게 버릴 수 있는 건지 알 수 없었다. 아무 잘못도 하지 않았으며 아무 잘못도 하지 않았다고 생각하는 것. 그 점이 나의 잘못인 것 같았다. 손바닥이 후끈거렸다. 겨드랑이에 땀이 찼다. 몸에서 열이 나기 시작했다.

아버지는 틀린 말을 하지 않는 사람이었다.

"돈 말고 사람과 대화하고 싶다."

이 말을 한 날, 아버지는 미래은행 여의도지점장을 그만두었다.

"돈이 사람을 살릴 수 있는 건 아니다."

아버지의 말은 은행 지점장으로 지내온 아버지의 세월을 기차처럼 통과하고 있었다.

"사람을 살릴 수 있는 건 오직 대화야."

아버지는 장롱에 걸려 있는 양복들을 모두 꺼내 기증했다. 반질반질하게 닦아놓은 구두들도 함께 기증했다. 값비싼 넥타이핀과 만년필들은 아무에게나 나누어주었다. 백화점에 가서 생지 데님 팬츠와 브이넥 티셔츠와 아디다스 운동화를 구입했다. 장인의 공방에 찾아가 통기타를 맞춤 제작했고, 머리카락을 기르기 시작했다. 기타를 짊어지고서 아버지는 대화를 나눌 사람들을 찾아다녔다. 현란하게 계산기 버튼을 누르던 오른손이 현란하게 기타 현 사이를 오갈 수 있게 되었을 때, 아버지는 기타 치는 심리상담사가 되었고 행복전도사가 되었다. 사람들이 아버지를 찾아오기 시작했다. 다른 곳에서 다른 사연을 겪은 사람들이었지만 모두들 스스로를 불행하다고 느낀다는 공통점이 있었다. 심리상담사일 때

아버지는 이런 말을 반복했다.

"사람이라면 그럴 수 있어요. 잘못이 아닙니다."

행복전도사일 때 아버지는 이런 말을 반복했다.

"행복해지겠다고 믿어야 불행에서 벗어납니다. 행복합시다."

아버지는 나에게도 말하기 시작했다.

"영후야, 행복하자."

나는 더 행복해질 것도 없었다.

"나는 괜찮아요."

아버지가 개쑥갓 화분에 다가갔다.

"그래그래. 우리 영후 훌륭하다."

개쑥갓 줄기들은 햇빛을 향해 휘어져 있었다. 아버지는 화분을 반대 방향으로 돌렸다. 개쑥갓 줄기들이 아버지와 나를 바라보았다. 개쑥갓 꽃들이 빤히 우리를 지켜보고 있는 가운데 아버지의 보조개가 나를 골똘히 지켜보았다.

"그렇게 슬픔을 이겨나가는 거야."

이겨나가야 할 정도의 슬픔이 나에게는 없었다.

개쑥갓 꽃잎은 해질녘마다 해와 함께 붉어졌다. 기열의 교복 안주머니에 있었다던 개쑥갓 꽃은 무슨 색이 되었을까. 일곱 살쯤, 처음으로 가본 닭집이 기억났다. 간장이나 양파를 사오라는 심부름을 하던 때처럼 나는 닭을 한 개 달라고 말했다. 닭집 할머니는 닭장에서 닭을 꺼내 손으로 닭 목을 홱 잡아 뽑았다. 닭의 눈알이 밖으로 튀어나왔다. 닭 목이 엿가락처럼 길게 늘어났다. 할머니는 닭을 탈수기에 넣고 돌렸다. 피범벅이었던 닭이 빨래처럼 하얗게 빨려서 나왔다. 삼계탕 속 뽀얀 닭고기의 살점이 희번덕거리던 두 눈알이 튀어나온 채 죽어간 목숨이었다는 걸 처음 알게 된 날이었다. 그렇게 좋아하는 닭고기였는데 한 점도 입에 댈 수 없었다. 한동안은 세탁기도 보기가 싫었다. 유치원에서 한 아이가 쏟던 코피도 기억났다. 그 아이가 안고 다니는 곰 인형의 털에는 갈색 점들이 얼룩져 있었다. 어떤 아이도 그 인형을 만지려 하지 않았다. 얼핏 점박이 강아지와 비슷해 보였지만 검붉은 얼룩은 귀엽기는커녕 섬뜩했다. 건널목에서 아스팔트 위에 껌처럼 들러붙어 있는 고양이를 보기도 했다. 고양이는 다음날 사라졌지만 검붉은 핏자국은 오래 남았다. 기열은 머리 한쪽이 으깨졌다고 했다. 머리가 으깨진다는 건 어떤 걸까. 그때 기열의 눈빛은 어땠을까. 기열의 셔츠는 무슨 색이 되었을까. 그 자리에는 어떤 모양의 얼룩이 남았을까. 한번 물들어 영원히 물든 채로 남은 그 아이의 곰 인형처럼 기열의 개쑥갓도 그랬을까.

화분 앞에 서 있는 시간이 줄어들었다. 공포영화를 보다가 눈을 감는 사람처럼 창가 쪽으로는 눈길을 애써 피했다. 아버지가 나 대신 물뿌리개를 들고 화분에 물을 주었다.

"영후가 하면 기열이가 좋아할 텐데."

나는 알겠다고 대답하고 욕실로 들어가버렸다. 문을 잠그고 수돗물을 틀어놓았다. 거울을 보며 '아에이오우'를 발음해보았다. '에'와 '이'를 발음할 때면 입을 아무리 조그맣게 벌려도 한쪽 볼에 보조개가 파였다. 투명한 물이 세면대 속에서 회전하면서 검은 구멍으로 빨려들어갔다.

내가 개쑥갓을 피해 다니자 아버지는 개쑥갓 화분을 끌어안고서 나를 따라다니기 시작했다. 함께 이겨내자면서 내 품으로 자꾸 화분을 밀어넣었다. 주려는 아버지와 받지 않으려는 나 사이에서 화분은 떨어졌고 박살이 났다. 아버지는 무릎을 꿇고 앉아 흩어진 파편을 하나씩 주웠다. 쏟아진 흙을 긁어모았다. 엎어진 개쑥갓을 바로 세웠고, 개쑥갓 잎에 묻은 흙을 털었다.

"아직 힘든가보구나."

나는 대답하지 않았다. 기열에게 거짓말을 하고 싶지 않았다. 아버지는 개쑥갓을 창고로 가져갔고, 플라스틱 화분에 다시 심어 거실 창가에 옮겨놓았다.

아버지와 대화하는 것보다 나는 기열의 죽음에 대해 생각하고 싶었다. 그러나 가시처럼 내 목에 걸려 있는 그것은 기열의 죽음이 아니었다. 아버지의 입에서 쏟아지는 말도, 물뿌리개에서 쏟아지는 물줄기도, 떨어지고 부서지던 화분도, 난분분하게 피어 있는 개쑥갓 꽃도, 내게는 불꽃놀이처럼 보였다.

연필을 깎는 습관이 생겼다. 너무 뾰족하게 깎으면 흑심이 부러졌다. 깎고 부러뜨리고 다시 깎고 다시 부러뜨렸다. 연필은 손톱만큼 작아지다가 검은 흑심 조각만 남았다. 연필 부스러기와 흑심을 모아 쓰레기통에 버렸다. 발바닥에 붙은 연필 부스러기들을 털어내며 아버지는 내 주변을 맴돌았다. 쓰레기통은 연필 부스러기로 차올랐다.

"우리 영후가 참 멋지게 아프고 있구나."

아버지는 내 어깨를 토닥였다. 덴 것처럼 어깨가 뜨거워졌다. 나는 부엌으로 나가 냉동실 문을 열었다. 얼음을 쥐고서 어깨에 문질렀다. 입안 가득 얼음을 넣고 우적우적 씹었다. 발바닥이 뜨거워 양말을 신고 다니기가 힘들어졌다.

버스에서 내려 교문을 향해 걸어가는 아이들 사이에 멈춰 선 채로 나는 신발과 양말을 벗었다. 발을 꺼내놓으면 발은 괜찮아졌지만, 행렬을 보면 다시 발이 뜨거워져 행렬을 따라갈 수 없게 되었다. 아이들이 모두 들어갈 때까지 서 있다가 수업 시작종이 울리고 나서야 학교로 들어갔다.

"아버님께 말씀 들었다."

담임이 내 발을 내려다보았다.

"그래도 맨발은 춥잖니."

볼 안쪽 살을 어금니로 물고서 나는 대답했다.

"안 추워요."

담임은 고개를 끄덕였지만, 점심시간이면 반장을 보냈다.

"기분은 좀 어때."

반장이 물었다.

"어때야 하는데."

반장은 이해한다는 듯 고개를 끄덕였다. 나는 청소시간이면 양호실로 보내졌다. 상담 선생이 기다리고 있었다. 그림을 그려보라고 했다. 양호실 침대와 침대 위의 창문을 그렸다. 매일 같은 그림을 그렸다.

"별이 내리쬐는 창문이 생각나는 거구나. 그렇지?"

"보이는 걸 그린 건데요."

상담 선생은 고개를 끄덕였고, 노트를 꺼냈다. 내용이 내게 보이지 않도록 노트를 든 상태로 무언가를 적었다. 나는 침대와 창문 대신 선만 죽죽 그어놓았다. 선생은 또 고개를 끄덕였다. 말을 하면 보조개가 생길 거라는 생각 때문에 나는 점점 말을 줄여갔다.

중앙 현관에서 신발을 신으면서 아버지의 시선을 느꼈다. 아버지는 한쪽 어깨에 커다란 기타 케이스를 짊어지고 꽁지머리 위에 베레모를 비스듬히 눌러쓰고 있었다. 손에는 검은 비닐봉지가 들려 있었다. 상담 선생과 상담을 시작한 날부터 아버지는 교문 앞에 서서 나를 기다렸다. 아버지와 함께 아버지의 차에 올라타면, 후끈한 공기가 목을 죄어왔다. 아버지는 매번 검은 비닐봉지를 내 무릎 위에 올려놓았다. 새빨간 떡볶이와 뜨거운 어묵이 들어 있었다. 나는 비닐봉지가 괴로웠다.

아버지를 피해 담을 넘었다. 담벼락을 끼고 학교 뒤로 돌아갔다. 공원이 나왔다. 기열과 나는 보충시간에 함께 도망을 나와 이 공원을 건곤 했다. 공원의 중앙에 있는 매점까지 함께 걸어가 콜라 한 캔을 사곤 했다. 기열과 반씩 나눠 마시고는 빈 캔을 밟아 이리저리 차며 축구를 했다. 어둑어둑해져 캔이 보이지 않게 되어도 했다. 기열의 이목구비가 캄캄해지고 내 발과 손도 캄캄해지면 서로의 그림자가 되어 검은 덩어리를 주고받는 것 같았다. 기열과 나는 전혀 다르게 생겼지만 이때만큼은 똑같았다. 매점은 그대로였지만 나 혼자서는 매점에 들어갈 수 없었다. 매점을 지나쳐, 자전거 대여점을 지나쳐, 계속 걸었다. 교복 셔츠를 벗고 반팔 티셔츠만 입었다. 바지는 무릎 위로 접어올렸다. 그래도 몸안에서 타오르던 열기는 잠시 누그러들 뿐, 금세 사타구니가 젖도록 땀이 흘렀다. 난방이 들어오는 버스를 더는 탈 수 없었다. 찬바람을 맞으며 걸어서 하교했다. 몸이 얼얼해지고 볼 근육이 마비되도록 차가워질 때에야 다른 생각들도 얼얼하게 무뎌졌다.

내가 집에 도착하고도 몇 시간이 지나서야 아버지는 돌아왔다. 내게 검은 비닐봉지를 건네주었다. 차갑게 식은 떡볶이가 들어 있었다. 아버지는 데워먹으라고 말했지만 나는 비닐봉지를 싱크대 위에 철퍼덕 올려두었다.

"안 데우니?"

나는 대꾸하지 않았다. 아버지는 나를 지나쳐 부엌으로 성큼성큼 걸어갔다. 컴컴한 부엌에서 비닐봉지를 여는 아버지의 볼에는 이제 보조개가 사라져 있었고, 굳게 다문 턱에는 울룩불룩한 근육이 도드라져 있었다.

"데울 테니 같이 먹자."

아버지는 플라스틱 그릇에 떡볶이를 옮겨 담고 전자레인지에 돌린 후 식탁에 올려놓았다. 떡볶이를 포크로 찍어 자기 입에 넣은 다음, 그 포크로 떡볶이를 다시 찍어 내게 내밀었다.

"맛있다. 먹어."

아버지는 다시 미소를 짓고 있었지만, 고개를 끄덕이고 있었지만, 옆으로는 어금니를 꽉 다문 모양이 선연했다. 고개를 끄덕이던 많은 사람들이 떠올랐다. 사람들은 내게 다가와 친절히 질문을 해왔고, 대답을 듣지 못한 채로도 고개를 끄덕였다. 그때 나도 아버지처럼 이를 악물고 있었다. 나는 뒤돌아섰다.

"언제까지 그럴 거니."

아버지는 쾅 소리가 나도록 포크를 식탁에 내리찍었다. 포크에 꽂혀 있던 떡볶이에서 양념이 사방으로 튀어나갔다. 매워서 어쩔 줄 모르는 사람처럼 아버지는 씩씩거렸다. 나는 조금씩 게걸음을 쳐서 내 방으로 들어갔다. 소리가 나지 않도록 천천히 방문을 잠갔다. 자꾸 입꼬리가 휘어지고 어깨가 들썩거렸다. 아버지가 외친 말이야말로 내가 아버지에게 하고 싶은 말이었다. 책상에 앉아 문구용 칼을 꺼내 쥐었다. 아버지가 노크를 해왔지만 열어주지 않았다. 연필을 찾아 서랍을 뒤졌다. 아버지는 열쇠로 방문을 따고 들어왔다. 내 옆에 서서 기타를 치며 우렁차게 노래를 부르기 시작했다.

"사랑한다는 말으은 가시덤불 속에 핀 하아얀 찌일레꽃."

아버지의 입이 시뻘겠다. 떡볶이 양념이 입술에 묻어 있었다. 아버지의 얼굴과 목과 브이넥 티셔츠에도 빨간 점들이 군데군데 튀어 있었다.

"어둠 속에서도 화안히 빛나고, 절망 속에서도 키가 크는 한마디의 마알."

시뻘건 입을 빠끔거리며 아버지는 같은 구절을 반복했다. 나는 맨 아래 서랍을 열었다. 다 깎아버려서 더는 연필이 없었다.

크리스마스가 가까워졌다. 점심시간과 청소시간마다 스피커에서 캐럴이 흘러나왔다. 학교 중앙홀에는 우람한 트리가 세워졌다. 빨간 포인세티아와 하얀 솜과 금빛 오너먼트를 주렁주렁 매단 플라스틱 트리였다. 청소시간이 되었지만 이제 양호실에는 가지 않았다. 대신 나는 중앙홀에 서서 규칙적으로 깜빡이는 트리의 전구들 사이에서 필라멘트가 끊어져버린 전구 한 알을 만져보고 있었다. 다른 전구들은 뜨거웠지만 그 전구만은 미지근했다. 아이들이 매달아놓은 소원 쪽지들이 조금씩 흔들리고 있었다. 소원 쪽지 하나에 노란 먼지가 끼어 있는 것을 발견했다. 손끝을 가져다 댔다.

부서졌다. 실밥들이 떨어지며 흩어졌다. 개쑥갓 꽃잎이었다. 쪽지를 펼쳐보았다.

기열아, 이제 행복해져라.

나는 쪽지를 움켜쥐었다. 쪽지를 찢어버렸다. 트리를 걷어찼다. 트리에 매달려 반짝이던 것들이 경쾌한 소리를 내며 바닥에 흩어졌다. 넘어진 트리를 짓밟았다. 전구들이 발밑에서 바스러졌다. 청소를 하던 아이들이 대걸레와 빗자루를 든 채 달려와서 나를 붙잡았다. We wish you a Merry Christmas, 캐럴의 가사가 허공을 메우고 있었다. 대걸레를 빼앗아 나는 허공을 향해 휘둘러댔다. 한 아이의 눈썹에서 피가 흘렀다. 담임이 달려왔다. 그 아이의 눈썹과 내가 쥐고 있는 대걸레를 담임은 번갈아 보았다. 담임이 손을 내밀었다.

"이리 줘."

나는 대걸레를 더 꽉 움켜쥐었다.

한 달간 대안교육센터에 가서 교육을 이수할 것을 지시받았다. 학교를 떠나기 전, 교무실을 찾아갔다. 선생들은 뜨거운 차를 손에 들고 둘러앉아 있었다. 담임은 통화를 하고 있었다.

"병이 든 애예요. 개를 만나러 가다가 친구가 죽었어요. 죄책감이 들 만하죠."

담임의 뒷모습을 보고 있다가 돌아섰다. 복도가 유난히 좁아 보였다.

주차장은 대안교육센터와 멀찌감치 떨어져 있었다. 차를 세워 두고 아버지와 걸었다. 아무도 밟지 않은 눈이 쌓여 있었다. 아버지가 내 손을 잡았다.

"아플 수 있는 거야. 기열이도 다 알고 있을 거다."

그 말이 혁대처럼 내 귀를 휘감았다. 나는 손바닥으로 내 두 귀를 문질렀다.

"귀가 시려서 그러는구나."

아버지는 나를 끌어안아 내 등을 토닥였다. 나는 두 손바닥으로 귀를 틀어막은 채 몸에 힘을 주었다. 눈을 우둑우둑 밟으며 아버지는 멀어져갔다. 나는 허리를 굽혀 눈을 쥐었다. 두 귀에 비벼댔고 두 눈에 비벼댔다. 가슴에 손을 넣어 가슴에도 비벼댔다. 대안교육센터 운동장은 텅 비어 있었다. 그네도 철봉도 국기게양대도 없었다. 구석에 느티나무 한 그루만 멀뚱하게 서 있었다. 쪼그려 앉아 운동화 끈을 풀었다. 신발을 벗고 양말도 벗었다. 눈 덮인 운동장을 맨발로 달렸다. 심장 소리가 점점 커졌다. 심장이 뛰는 소리 말고는 아무 소리도 들리지 않았다.

담당 선생이 차를 준비하며 나를 기다리고 있었다. 선생이 컵을 내밀었다. 얇게 썬 레몬 조각이 컵 속에서 회전하고 있었다.

"한 달간 편히 쉬면서 회복한다고 생각하자."

나는 컵을 받지 않았다. 회전하던 레몬이 천천히 바닥으로 가라앉았다.

"발이 빨갛다. 춥지."

나는 고개를 저었다. 선생은 컵을 내려놓고 캐비닛에서 두꺼운 등산양말을 꺼냈다. 양말을 받아들고 나와서 쓰레기통에 버렸다.

방바닥을 손으로 짚어가며 가장 차가운 곳을 찾아 기어다녔다. 방문 아래 틈새에서 찬바람이 들어왔다. 방문을 열었다. 찬바람을 따라 복도 양옆으로 길게 늘어서 있는 방들을 지나, 일층으로 내려갔다. 운동장은 눈이 쌓여 빛을 내고 있었다. 나와 눈과 느티나무. 운동장에 있는 전부였다. 맨발로 눈 위를 걸었다. 발자국이 운동장에 찍혔다. 발이 시원해졌다. 발자국 옆에 다시 발자국을 찍었다. 두 사람이 나란히 걸은 듯한 발자국을 만들었다. 느티나무 쪽으로 걸어갔다. 느티나무를 둘러싸고 쇠기둥들이 세워져 있었다. 길게 자라난 나뭇가지마다 쇠기둥이 받쳐져 있었다. 밧줄로 꽁꽁 싸매진 느티나무 기둥에는 수액 주머니가 주렁주렁 달려 있었다. 수액 주머니에 적힌 문장을 읽었다.

느티나무가 병이 들었어요. 치료중입니다. 수액을 뽑지 말아주세요.

함박눈이 다시 쏟아졌다. 발자국이 차츰 모습을 감추었다. 수많은 사람들이 내게 등을 돌린 채 걸어가는 것이 보였다. 같은 방향으로 걸어가는 인파를 뚫고 기열은 나를 향해 걸어오고 있었다.

사람들에게 어깨를 치이다가 기열은 행렬에서 빠져나왔다. 사람들의 발치 아래로 기열은 내려갔다. 강둑의 울퉁불퉁한 경사면을 혼자 겅중겅중 걸어오는 기열이 보였다. 텅 빈 운동장에서 불꽃이 터지기 시작했다. 나는 사람들과 함께 하늘을 쳐다보고 있었다. 기열은 강둑 아래로 미끄러지고 있었다. 쉴새없이 불꽃이 터지고 기열은 신음했다. 사람들은 일제히 환호성을 질렀다. 바람이 불었다. 기열의 살점이 눈가루처럼 흩뿌려지는 게 보였다. 기열은 환경미화원이 발견했다고 했다. 사람들이 한강에 버리고 간 쓰레기를 치우다가, 강둑 아래 바위에서 발견했다고 했다. 눈이 바람을 타고 가볍게 날아다녔다. 휘파람 소리를 내며 바람이 먼 곳을 훑었다. 눈발 속에 가려진 저편의 나무들이 좌르륵 소리를 내며 흔들렸다. 이곳의 눈이 날아가 저곳의 눈에 가닿고 있었다. 지붕을 건너고 아무도 없는 길을 밝히고 있는 가로등을 건너서, 눈은 저 멀리 꽁꽁 언 저수지 위에 착지할 것이다.

"기열아, 너 옆에 있지."

처음으로 기열에게 말을 했다.

기숙사 소등시간이 지나 방이 캄캄해지면 운동장에 나가 두 사람이 나란히 걸은 것처럼 보이는 발자국을 찍었다. 그러고는 느티나무 아래 벤치에 앉아 내가 찍은 불꽃축제 동영상을 재생했다. 보면 볼수록 내가 보고 있는 것이 무엇인지 알 수 없게 되었다. 나는 왜 이걸 보고 있는 걸까. 사람들은 왜 이걸 보았던 걸까. 어째서 아무도 보지 못했을까. 어째서 아무도 듣지 못했을까. 어떻게 모두가 한 가지만을 바라보고 말하는 일이 생길 수가 있을까. 그 누구도 어떤 것을 전혀 못 보고 못 듣는 일이 어떻게 생길 수가 있을까. 내가 어떻게 기열에게 그럴 수가 있을까. 보고 또 보다가 배터리가 방전되면 동영상 대신 느티나무를 바라보았다. 느티나무를 보고 있으면 중환자실에 있던 할머니가 떠올랐다. 할머니의 코와 손목에는 호스가 끼워져 있었다. 사타구니에는 소변 줄이 끼워져 있었다. 손과 다리는 침대에 묶여 있었다.

"풀어줘, 풀어줘."

할머니는 그 말만 했다. 희미한 목소리였다. 묶인 손을 풀어주면 코에 달린 호스를 잡아 뽑았다. 코에서 묽은 액체와 함께 피가 흘러내렸다. 할머니는 피에 물든 이를 드러내며 빙그레 웃었다.

"이러시면 안 돼요. 오래 사셔야죠."

간호사는 할머니의 코에 다시 호스를 넣으려고 했다. 할머니는 연신 고개를 저었다. 할머니의 눈에서 눈물이 흘렀다. 무른 과일에서 저절로 흐르는 즙 같은 눈물이었다. 얼마 후 할머니는 돌아가셨지만, 호스를 뺐기 때문에 돌아가신 것은 아니었다.

나무에서 눈물이 뚝뚝 떨어졌다. 나는 느티나무 아래에 앉아 있었고 느티나무는 내 옆에 서 있었다.

연극치료라는 것을 하겠다고 했다. 각자 배역을 맡아 연극을 하면서 마음을 치유하는 수업이라고 했다. 책상과 의자를 교실 한쪽으로 밀어 무대를 마련했다. 의자 하나를 무대 한가운데에 덩그러니 놓았다. 아이들은 무대를 동그랗게 둘러쌌다. 선생은 나를 의자에 앉히고 뒤에 섰다.

"선생님이 영후 친구 역할을 할 거야."

선생은 나의 어깨에 오른손을 얹었다.

"영후야, 나 기열이야."

선생이 말했다.

"계속 너를 지켜보고 있었어."

기열은 그런 말투를 쓴 적이 없었다.

"영후야, 네가 미안해한다는 거 알아. 나 때문에 네가 많이 아프다는 것도."

나는 어깨를 들썩이며 키득거리기 시작했다. 다른 아이들도 덩달아 키득거렸다. 나는 손으로 입을 가리며 낄낄거렸다. 다른 손으로 배를 움켜쥐며 큰 소리로 킥킥거렸다. 아이들이 조용해졌다. 내 킥킥거림은 멈춰지지 않았다.

"알았어. 이건 그만하자."

선생은 다시 내 뒤에 섰다.

"이번에는 바꿔서 영후가 영후 친구 역할을 하자."

선생은 다시 나의 어깨에 손을 얹었다.

"기열아, 너를 생각했어. 무슨 말이라도 듣고 싶었어."

"영후야."

나는 선생을 향해 내 이름을 불렀다.

"그래, 말해봐."

"너 정말 영후니."

"응, 기열아."

나는 고개를 뒤로 돌렸다. 선생과 눈이 마주쳤다. 나는 한껏 미소를 지었다. 오랜만에 내 보조개가 당당해졌다.

"네가 어떻게 나야. 웃기지 마, 개새끼야."

선생의 입꼬리가 딱딱해졌다.

"영후한테 말한 거예요."

아이들이 와, 하고 웃음을 터뜨리며 손뼉을 쳤다. 어떤 아이는 손가락 휘파람을 불었다.

밤마다 느티나무를 찾아갔다. 병이 들었다는 나무와 병이 들었다는 내가 함께 밤을 보냈다. 밤마다 기열은 나를 향해 걸어왔고, 내 발치 아래에서 미끄러졌다. 느티나무 아래에서의 시간은 이내 발각되었다. 아홉시 이후로 기숙사 건물을 나가지 말라는 명령을 받았지만 따르지는 않았다.

"들어가자."

선생이 느티나무를 찾아왔다. 앞장서 가는 선생을 따라 방으로 돌아갈 때마다 발을 휘저어 선생의 신발 자국을 지웠다.

화장실에 갈 때에도 선생은 나를 따라다녔다. 창문을 열었다. 가스관을 타고 내려와 느티나무에게 갔다. 선생이 부르는 소리가 또다시 들려왔다. 느티나무의 기둥을 묶고 있는 밧줄처럼 그 소리는 내 사지를 옭아맸다. 나는 돌덩이 하나를 들어올렸다. 밧줄을 돌덩이로 내리쳤다. 선생의 목소리가 가까워질수록 두 팔을 높이 올려 밧줄을 더 강하게 내리쳤다. 선생이 나에게 손전등을 비추었다.

"돌 내려놔."

나는 두 눈을 부릅뜨고 돌을 더 높이 치켜들었다. 숨을 몰아쉬며 선생을 향해 한 발 한 발 걸어갔다. 선생은 한 발 뒤로 물러섰고, 뒤돌아서 가버렸다.

귀가조치 혹은 다른 대안교육센터. 선생들이 나에게 제안한 것이었다.

"여기 있어야 해요."

나는 바지를 움켜쥐었다. 선생은 다른 학교의 장점을 말해주었다. 나는 티셔츠의 목덜미를 잡아당겼다.

"밤에 나가지 않겠다고 약속을 해."

"있고 싶어요."

"그래, 잊어야지."

밤에는 자고 낮에는 친구들과 활동하는 정상적인 생활을 해야 한다고 선생은 말했다. 그래야 잊을 수 있다고 했다. 가스관에서 떨어졌으면 어쩔 뻔했느냐고 한 선생은 혀를 찼다. 차트를 뒤적거리던 선생은 눈썹을 늘어뜨렸다. 애도 잊고 싶다니까 조금만 더 두고 보자고 누군가는 제안했다.

"그렇게 말씀하신 분이 밤새워 지키면 되겠네요."

다른 선생들은 볼펜으로 책상을 콕콕 찍었다. 교무실이 조용해졌다. 선생들은 각자의 찻잔을 향해 고개를 떨구고 있었다.

"그 왜, 있잖아요, 그 선생."

선생들은 잠시 서로를 바라보았다.

두 팔을 휘적거리며 기열은 나에게 다가왔다. 사람의 뼈가 어떻게 생겼는지를 보여주려는 듯 비쩍 말라 있었다. 머리카락은 제멋대로 헝클어지고 입은 반쯤 벌어져 있었다. 나는 눈을 껌뻑거렸다. 기열이 사라졌다. 기열이 아니었다. 시체처럼 생긴 사람이었다. 그를 기열이라고 착각했다는 것에 나는 화가 났다. 나는 돌덩이를 치켜들고 그에게 걸어갔다. 그는 나를 보지 않았다. 두 팔을 흐느적거리며 스쳐지나가 눈이 쌓인 벤치에 철퍼덕 앉았다. 입을 벌리고 그는 길게 하품을 했다.

다음날에도 그다음날에도 그는 내게 걸어왔고, 나를 스쳐갔고,

벤치에 앉아 있었다.

"가세요."

귀도 없고 입도 없는 사람처럼 앉아만 있었다.

"가라니까."

고함을 질러보았다. 욕을 해보았다. 돌덩이로 벤치를 내리쳐보았다. 그는 힘없이 앉아 퀭한 눈으로 나무의 뿌리만 바라보았다. 그러다가 하압, 하고 숨을 들이마셨다. 그는 하품을 하기 위해 태어난 사람 같았다. 벤치에 앉아 밤새도록 하품만 했다.

나는 느티나무 기둥을 동여맨 밧줄을 매일매일 돌덩이로 짓이겨 끊어냈다. 수액 주머니를 뽑아서 던져버렸고, 나뭇가지 아래 우뚝 서 있는 쇠기둥을 돌덩이로 내리쳤다. 아무 말도 나누지 않았으므로 그가 선생이 아닐지도 모른다는 생각이 들었다. 이 느티나무를 찾아올 수밖에 없는 또다른 사람일지도 몰랐다. 나를 내버려두지 않고 괴롭히던 사람들과 똑같이 내가 그를 대하고 있었다. 그를 내버려두기로 했다.

그는 나보다도 먼저 느티나무 아래에 앉아 있었다. 그를 벤치 위에 떨어진 나뭇잎 정도로 여겼다. 바람이 불 때마다 떨리며 소리를 냈다가 금세 조용해지는 나뭇잎처럼 그는 간혹 몸을 파르르 떨며 하품 소리를 낼 뿐이었다.

기숙사 건물에서 나오자마자 나는 그가 벤치에 있는지를 먼저 살폈다. 내가 오든 말든 자기 발밑만 내려다보고 있는 그를 발견하면 느티나무가 늘 거기에 있는 것처럼 안심이 되었다. 느티나무 아래를 찾아가는 것이 그와의 약속처럼 느껴졌다. 그가 하품을 할 때면 하얀 입김이 공기 사이로 퍼져나갔다. 그의 하품은 음식물 쓰레기 냄새를 풍겼다. 산 채로 부패해가는 시체가 있다면 이런 냄새를 풍길 것 같았다. 차가운 코끝에 냄새가 닿으면 나도 하품이 나왔다. 내게 스며든 하얀 입김을 내 입으로 다시 뱉으며 나도 두 팔을 늘어뜨렸다. 벤치 위에 떨어져 있는 나뭇잎 두 장처럼 그와 나는 밤새 각자의 발치를 내려다보았고, 번갈아가며 하품을 했다. 하품을 하고 나면 눈물이 찔끔 흘렀다.

그와 함께 벤치에 앉아 무표정하게 나무뿌리를 바라보았던 것처럼, 교실에 앉아 나는 무표정하게 선생의 발치를 보았다. 선생들은 내가 조용하고 착실한 영후로 돌아오고 있다고 했다. 일주일 만에 선생들은 나의 병이 다 나았다고 판정을 내렸다. 라자로 선생이 한 명의 학생을 또 살렸다고 했다. 그리고 선생들은 이제 라자로 선생이 걱정이라고 했다. 말이 없어지고 하품이 잦아지는 것도, 지나치게 피곤해 보이면서도 사소한 일에 기괴할 정도로 끈질겨지는 것도 심부전증이 악화되고 있다는 증거 아니겠냐고 수군댔다. 선생들의 이론대로라면 라자로의 병이 나의 병을 회복시킨 셈이었다. 나는 병들었다는 말도, 살려냈다는 말도, 라자로라는 그의 별명도 말이 되지 않는다고 생각했다. 라자로와 나를 둘러싼 말들은 점점 더 이상하게 흘러갔지만, 어떤 말 앞에서든 나는 하품을 할 수 있게 되었다. 누군가 웃거나 화를 내더라도 발치를 응시할 수 있게 되었다. 발치 아래로 누군가 또다시 미끄러진다면, 이번에는 두 팔을 휘적거리며 그 사람에게 걸어갈 것이다. 밤새도록 그 사람의 곁에 앉아 있을 것이다. 라자로에게서 배운 하품이 나를 지켜주었다.

나는 집으로 보내졌다. 아무 말이 없는 허공에 입김처럼 번져 있는 구름 따위를 보고 있으면 라자로 선생이 옆에 있는 것 같았다. 집에서도 학교에서도 느티나무 아래에 앉아 있는 것처럼 지냈다.

발밑을 보며 걸어갔다. 아파트 놀이터 벤치 아래에, 학교 운동장 가장자리에, 강둑 사이사이에, 흔한 길가 어디에든 개쑥갓은 일 년 내내 피어 있었다.

"줄 게 있어."

나는 개쑥갓 옆에 앉았다. 기열의 말을 꺼냈다.

"거기서 기다려."

나는 길게 하품을 했다. 비로소 진짜 병이 들었다고 생각했다.

"그렇게 기운이 없더니, 그렇게 됐구나."

"그렇게 하품을 하더니, 그렇게 됐구나."

사람들은 고개를 끄덕였다. 검은 옷을 입은 선생들이 앞장서 걸었다. 불꽃축제를 보러 가던 행렬과 이 행렬이 겹쳐 보였다. 기열이 죽었다는 말을 들었던 날처럼, 그래서 그랬다더라는 몇 마디의 문장으로, 나는 라자로 선생이 죽었다는 말을 들었다.

병원

지갑에서 명함을 꺼내주며 여자는 물었다.

"정유림씨, 어제 통화했는데. 기억하죠?"

명함에는 '마포구청 생활보장과'라고 적혀 있었다. 그들은 과장과 팀장이라고 자신들을 소개했다.

"자기가 그런 거네. 맞지?"

과장이라는 사람이 다짜고짜 물었다. 유림은 환자복 주머니에 손을 넣었다. 손목에 꽂힌 호스에서 유림의 빨간 피가 조금씩 역류하고 있었다. 과장이 서류가방에서 차트를 꺼냈다.

"이틀 전인 10월 31일, 감기몸살 때문에 알약을 120개 넘게 드셨네요? 자살 시도는 보험 혜택 못 받는 거 알고 있었지? 자살 시도를 질병이라고 신고하는 거, 거짓말로 나라에서 병원비 타먹는 거, 이거 부정수급이에요. 몰랐어요?"

주머니 속의 실밥을 유림은 만지작거렸다. 팀장이라는 사람이 유림의 주머니에 손을 불쑥 넣어 유림의 손을 끄집어냈다. 그러고는 유림의 손을 도닥거렸다.

"괜찮아요, 정유림씨. 얘기해도 괜찮아."

"제가 지금 사정이 있어서요."

"한 달 지나면 생일이시네. 만 18세 생일 지나면 의료급여 수급자 정지되는 것도 알지? 이제부터는 소년소녀가장이 아니에요. 엄연히 성인이고 어른이에요. 평생 기초생활수급비 받아서 살 거예요? 아니잖아. 본인 행동 정도는 책임지고 살아야지."

"저도 알죠. 사정이 있어서요."

"이번 건은 자살 시도로 처리할 수밖에 없어요. 법대로 하면 처벌 대상인데 넘어가주는 거예요."

과장이 일어섰다. 팀장도 따라 일어섰다. 유림의 손을 꼭 쥔 채 팀장은 말했다.

"정신병력이 인정되면 자살 시도도 보험 혜택 받을 수 있어요. 정신과에 찾아가봐요. 잘 말하면 진단서 써줄 거야."

팀장은 유림을 끌어안았다. 많이 힘들게 살아왔다는 거 알고 있다고, 귀에 대고 말하고서 팀장은 갔다.

유림은 자신이 유독 힘들게 살아왔다고 생각하지 않았다. 살아가다보면 누구나 겪는 만큼, 딱 그 정도만 힘들게 살았다고 생각했다.

유림은 자신을 소년소녀가장이라고 생각하지 않았다. 유림에게는 아버지와 고모들과 삼촌과 할머니가 있었다. 집안 사정 때문에 함께 살지 못하는 것뿐이었다. 기초생활수급자를 시켜달라고 한 적도 없었다. 엄마, 아빠라는 말을 배우기 전부터 유림은 기초생활수급자로 지정되어 있었다. 나랏돈을 받아서 살아본 적도 없었다. 유림의 기초생활수급비는 전주에 사는 할머니가 생활비로 사용해왔다. 의료비를 지원받은 적도 없었다. 병원에 갈 만큼 아픈 적이 없었다. 아프면 약국에서 약을 사먹었다. 약을 먹어도 아프면 그냥 아팠고, 아프다가 저절로 나았다. 배탈이나 몸살 같은 것들이었다. 고등학교에 진학하지 않았으니 교육비를 지급받은 적도 없었다. 서울로 상경한 이후로는 홍대에 위치한 베이커리 아카데미에서 파티시에 수습생으로 일해왔다. 육 개월만 지나면 삼 년을 채우게 되어 수료증이 나올 예정이었다. 수료증이 발급되면 정식 파티시에로 고용될 기회도 생길 거였다. 유림은 오래전부터 스스로를 어른이라고 여겼다. 적금통장을 만들기 위해 은행을 찾아갔을 때, 핸드폰을 구입하기 위해 대리점을 찾아갔을 때, 보건증을 갱신하기 위해 보건소를 찾아갔을 때, 유림은 소년소녀가장 대우를 받았다. 반응은 대부분 셋 중 하나였다. 손을 움켜쥐고 껴안아대며 친한 척을 하거나, 잘못을 저지른 사람처럼 유림의 눈동자를 응시하지 못하거나, 반말을 섞어 쓰며 예비 범죄자 취급을 하거나. 그리나쁠 것은 없었다. 유림의 이름으로 받는 혜택을 친척들이 골고루 사용하는 대가를 치르고 있을 뿐이었다. 공짜는 없으니까.

유림은 일층 원무과에 들렀다. 현재까지의 병원비를 확인했다. 이백오십사만원이었다. 베이커리 아카데미 대표에게 전화를 걸었다. 감기몸살 때문에 입원을 했다고 말했다. 이틀만 더 결근하게 해달라는 부탁과, 가불을 해달라는 부탁을 했다. 두 가지 중 한 가지 부탁만을 대표는 들어주었다. 그런데, 감기몸살 때문에 입원을 했다고? 대표는 몇 번이고 물어보았다. 어느 병원이냐고도 물어왔다. 유림은 다른 병원의 이름을 댔다.

유림은 간호사 데스크에 들렀다. 정신과 상담을 예약했다. 두 시간 뒤에 상담이 가능하다고 간호사는 답했다.

소독약 냄새가 끼쳐왔다. 냄새의 위치를 찾아내려는 듯 유림은 주변을 두리번거렸다.

"불안하세요?"

정신과 의사는 손깍지를 꼈다. 턱을 괴었다.

"어디서 약냄새가 나서요."

"약냄새가 난다."

정신과 의사는 손깍지를 풀고 메모를 했다.

"왜 죽고 싶었어요?"

"죽고 싶었던 적은 없어요."

"죽으려고 한 게 아니다."

유림은 죽으려고 했다. 잘 살고 싶었지만 죽는 것밖에는 방법이 없다고 생각했다. 유림은 얼마 전 베이커리 아카데미 대표에게 호출을 받았다. 당분간 가로수길에 위치한 독일식 수제 햄버거 숍에서 일하라고 대표는 명령했다. 아카데미 대표는 서울 곳곳에 가게를 갖고 있었다. 한 가게에 일손이 부족해지면 베이커리 아카데미 수습생 중에서 일손을 충당했다. 대표의 명령을 거절할 수 없었다. 명령을 거부한 수습생은 트집을 잡혀 아카데미에서 해고되었다. 수습생들은 수료증을 받고 싶어했다. 대만식 빙수 전문점에서, 멕시칸 레스토랑에서, 한정식집에서, 유림은 대타로 일해본 적이 있었다. 짧으면 삼 일, 길면 한 달. 새 직원이 채용되면 아카데미로 돌아왔다. 수제 햄버거 숍에서 유림은 프렌치프라이 만드는 일을 배정받았다. 여섯 칸으로 나뉜 대형 튀김기에서 쉴새없이 프렌치프라이가 튀어나왔다. 타이머를 맞추고 열두 개의 다이얼을 돌리고 감자를 동시에 집어넣고 동시에 꺼냈다. 출근 이틀 전에 전달받은 기계 작동법을 달달 외워두었지만 몸이 머리를 따라가주질 않았다. 가게 바깥까지 대기 손님 줄이 길게 늘어섰던 토요일, 유림은 여덟 시간 동안 쉬지 않고 다이얼을 돌렸고, 다이얼을 잘못 돌리는 실수를 저질렀다. 불길이 치솟았다. 검은 연기가 순식간에 차올랐다. 유림은 소화기를 가져와 튀김기에 분사했다. 튀김기가 작동을 멈췄다. 흰 연기가 뿌옇게 차올랐다. 유림도 감자들도 조리대도 하얀 분말로 뒤덮였다. 손님들은 일제히 가게를 뛰쳐나갔다. 가게는 영업을 중단했다. 독일에서 직수입해온 튀김기를 고치려면 최소한 열흘이 걸린다고 했다. 유림은 대표로부터 튀김기를 고치는 데 드는 비용과 열흘 동안 가게문을 닫아야 하는 데에서 발생하는 손해를 배상해야 한다는 통보를 받았다. 베이커리 아카데미에서 수습생으로 지내온 세월을 감안하여 대표는 특별한 혜택을 주겠다며, 몇천만원에 달하는 손해배상금을 청구하는 대신 수료증이 나올 때까지 육 개월간 무급으로 일하는 것으로 이 사태를 종결짓겠다고 했다. 유림은 당장 월세를 내야 했다. 매일 밥을 먹어야 했다. 매일 버스를 타야 했다. 무급으로 육 개월을 생활한다는 것이 유림에게는 불가능했다. 우편함에 꽂혀 있는 전기료와 도시가스 요금 고지서를 바라보다가 유림은 지갑을 열어보았다. 지갑에 있던 돈으로 약을 샀다.

"죽으려 했던 것은 맞아요."

"계속 말씀하세요."

"뭘요?"

"하던 말씀 계속해보세요."

소독약 냄새는 의사에게서 나는 것 같았다. 유림은 코를 킁킁거렸다.

"저는 상담받으러 온 게 아니라 부탁드릴 일이 있어서 왔어요. 정신과 진단서가 나오면 제가 보험 혜택을 받을 수 있대요."

의사는 책상에 볼펜을 내려놓았다.

"보험료 때문에 정신병력이 필요하다는 건가요?"

"네."

"가족관계가 어떻게 되죠?"

"아버지하고, 고모들하고, 삼촌하고, 할머니 계세요."

"아버지는 알고 계세요?"

"아뇨."

"연락할 보호자가 있나요?"

"아뇨."

"아버지께 먼저 말을 하세요. 보호자의 동의를 받고 나서 써드리겠습니다."

"아버지가 제 보호자는 아니에요. 제가 이틀 뒤에는 꼭 퇴원해야 해요. 베이커리 아카데미에서 수습생으로 일하고 있는데 이 년 육 개월 동안 한 번도 빠지지 않고 출근을 했어요. 이틀 뒤에 돌아가지 않으면 해고될지도 몰라요. 한 번만 도와주세요."

"그렇다면 더욱 빨리 아버지께 연락을 하셔야겠네요. 내일 다시 오세요."

의사는 모니터를 향해 시선을 돌렸다. 의자를 책상 밑으로 밀어 넣던 자세 그대로 허리를 숙인 채 유림은 인사를 했다.

"다시 오겠습니다."

원무과에서 알아보니 상담비는 삼십 분에 육만원이었다.

유림이 들어서자마자 의사는 아버지에게 연락을 했느냐고 물었다.

"수술동의서도 아닌데, 아버지의 동의가 꼭 필요하지는 않지 않나요? 진단서라는 건 보호자가 아니라 선생님께서 판단해서 쓰시는 거 아닌가요. 보호자의 의견에 의해 정신질환 진단서를 쓰면 안 되는 거 아닌가요."

"당연히 안 되죠. 거짓 진단서를 써달라고 하면 안 되는 겁니다. 아시겠어요? 안 되는 것을 해드리려고 보호자 동의를 말씀드린 것 아닙니까."

의사의 목소리가 날카로워졌다. 의사는 검지와 중지를 펴 보였다.

"저한테는 원칙이 있어요. 딱 두 가지 원칙이에요. 이중 한 가지가 충족되면, 저는 정신질환 진단서를 써드립니다."

의사는 한쪽 검지로 펴고 있던 검지를 짚었다.

"첫번째 원칙, 정신질환이 인정되어야 할 것. 정신질환을 상담 두 번으로 확진하기는 어려워요. 이해하시겠어요?"

유림은 고개를 끄덕였다. 의사는 손가락을 옮겨 중지를 짚었다.

"두번째 원칙, 정신상태가 정상이어야 할 것. 유림씨처럼 보험료 지급과 관련하여 저를 찾아오는 분들이 있어요. 그때마다 저는 그 사람의 정신상태를 살핍니다. 완전히 정상이라고 판단될 때에만 진단서를 써줍니다. 거짓이지만, 윤리적인 거짓입니다. 저는 정신과 의사로서 비윤리적인 거짓 진단서는 쓰지 않습니다. 이해하시겠어요? 그렇다면 정상이라는 것은 어떻게 판단하느냐. 폭력성이 엿보이느냐 아니냐로 판가름합니다. 조금이라도 폭력성이 감지되는 경우, 저는 진단서를 쓰지 않아요. 제 거짓 진단서가 악용되어 또다른 폭력을 낳는 결과가 되어버릴 수 있기 때문이죠. 자살을 시도했다는 것은 스스로에 대한 폭력성의 발현이라고 볼 수 있어요. 자신을 해할 수 있는 사람은 타인도 충분히 해할 수가 있죠. 추후 타인을 향해 폭력성이 발현되지 않을 거라는 보장이 없어요. 타인을 해할 수 있는 사람에게는 거짓 진단서를 써줄 수 없습니다. 저는 정유림씨에게 진단서를 써줄 수 없어요. 아시겠어요? 다만 정유림씨를 보호하고 이끌어갈 정상적인 어른이 있다면, 그 어른을 믿고서 진단서를 쓰겠다는 겁니다. 단순히 의견을 묻겠다는 것이 아니라, 정유림씨의 폭력성을 책임질 보증인이 필요하다는 거예요, 보증인이."

"저는 폭력적인 사람이 아니에요. 다른 사람에게 해를 입히고 싶지 않다고 생각하며 살았어요. 폐를 끼쳐도 상관없었다면 약 같은 건 안 먹었을 거예요."

"지금 저에게 폐를 끼치고 있지 않습니까?"

의사는 손바닥을 펴서 문 쪽을 향해 뻗었다. 단호한 손짓 때문에 유림은 자기도 모르게 우물쭈물 일어났다.

이튿날 유림은 다시 정신과를 찾아갔다.

"자살을 시도하는 사람은 명백하게 정상이 아니라는 말씀이잖아요? 정상이 아니라는 것이 명백하다면, 제가 미쳤다고 써주시면 되잖아요. 제게 필요한 게 그거거든요."

"조리 있게 말씀하시는 걸 보니 미치지는 않은 것 같네요."

"미쳤다는 건 도대체 어떤 건데요?"

"가장 기본적이고 확실한 증상은 환각을 본다거나 환청을 듣는다거나……"

"환각과 환청만으로요?"

"그런 것들 때문에 일상생활이 망가지느냐 아니냐……"

"제 일상이 망가지지 않았더라면 병원에 오지 않았을 거예요."

"정유림씨는 자신의 폭력성의 원인을 외부로 전가하고 있어요. 어떤 것들 때문에 피해를 입었다는 생각이나 어떤 것들에 대한 원망 같은 감정이 바로 잠재적인 폭력성을 내포하고 있다는 징후죠. 제가 도와드릴 수 있는 건 없습니다."

유림은 원무과로 향했다. 삼백이십칠만원으로 병원비는 늘어나 있었다.

"돈을 안 내고 그냥 나가면 어떻게 되나요?"

원무과 직원에게 물어보았다.

"돈 안 내고 가시면 안 되죠."

"안 되는데 가면 어떻게 되나요?"

"범죄자가 되는 거죠."

"범죄자."

유림은 병원 정문으로 걸어갔다. 자동문이 열렸다. 자동문 앞에 서서 유림은 병원 바깥을 내다보았다. 은행잎들이 길바닥에 아무렇게나 나뒹굴고 있었다. 어떤 잎들은 바닥에 짓이겨졌고, 어떤 잎들은 짓이겨진 잎 위를 유유히 굴러갔다. 어떤 잎들은 굴러가는 잎 위로 떨어져내렸다. 자동문이 닫혔다가 다시 열렸다. 유림은 내일 날짜로 상담을 다시 예약했다. 병실로 돌아가 침대에 기대앉았다. 베이커리 아카데미는 지금쯤 브레이크 타임일 거였다. 유림이 주방 작업대 앞에 앉아 레시피 노트를 정리하던 시간이었다. 침대에 앉은 채 유림은 몸을 틀었다. 허리를 구부려 손을 뻗었다. 침대 아래 바구니에서 노트를 꺼냈다. 빼곡하게 적어둔 레시피를 읽어나갔다.

레시피들이 다 지나가고 빈 페이지가 나타났다. 유림은 새로운 레시피를 적어야겠다고 생각했다. 자기 자신에 대해 적기 시작했다. 정신과 전문의 ○○○ 선생님께. 안녕하세요, 정유림입니다. 유림은 다음 페이지에 다시 적었다. 존경하는 정신과 전문의 ○○○ 선생님께. 안녕하세요, 환자 정유림입니다. '존경하는'과 '환자'를 붙이고 나자, 윤리적인 거짓이라는 그럴듯한 단어가 유림의 머릿속을 지배했다. 유림에게는 가족이 있었고, 유림은 자신을 소년소녀가장이라고 생각해본 적이 없었지만, '제게는 가족이 없습니다. 저는 소년소녀가장입니다'라고 유림은 적었다. 유림의 손이 유림의 생각보다 더 빨리 문장들을 적어내고 있었다. 그럴듯한 플레이팅으로 접시를 장식할 때처럼 유림의 손은 능란했다. 저는 태어나자마자 가족에게 버려졌습니다. 아버지는 현재 다른 가정이 있고, 저를 자식으로 여기지 않습니다. 나라에서 다달이 지원해주는 기초생활수급비로 생활해왔습니다. 소년소녀가장으로 살아가는 것은 힘든 일입니다. 많이 힘들게 살아왔습니다. 유림의 손아귀에 힘이 들어가기 시작했다. 글씨체가 점점 어른스러워졌다. 제 처지에 대한 불만 때문에, 저도 모르게 어떤 폭력성이 제 안에서 싹텄나봅니다. 자살 시도가 스스로에 대한 폭력성의 발현이라는 말씀, 추후 타인에게도 해를 끼칠 수 있다는 말씀, 곰곰이 곱씹어보았습니다. 저는 그동안 제 상황을 원망하기만 하면서 살았습니다. 저 자신에 대해 돌아보지 못했습니다. 그런 저 자신을 숨기기에 급급했습니다. 그래서 선생님께 치기 어린 말들을 늘어놓았던 것 같습니다. 사실 저에게는 고마운 분들이 많습니다. 유림은 큰 소리로 웃기 시작했다. 어깨가 들썩거리면서, 들썩거리는 박자에 맞춰 문장이 쓰여내려갔다. 주변 분들의 호의와 도움이 없었더라면 저는 지금까지 살아올 수조차 없었을 것입니다. 그 사실을 제가 잊어버렸던 것 같습니다. 제 선택이 얼마나 배은망덕한 일이었는지를 뼈저리게 깨닫고 있습니다. 저는 어린아이에 불과합니다.

보증인이 되어줄 사람은 주변에 없지만, 제게는 지금 저를 보호해 줄 어른이 꼭 필요합니다. 유림은 너무 웃어서 눈물이 나기 시작했다. 손등으로 눈가를 찍어내며 호흡을 가다듬었다.

"뭘 그렇게 재미나게 써? 즐거운 일이 있나보네."

텔레비전을 보고 있던 옆 침대 아주머니가 유림을 향해 고개를 돌렸다.

"네."

유림은 씩씩하게 대답했다. 부정적인 태도를 버리고 새 삶을 살고 싶다는 둥, 폭력성을 인정하고 반성하고 고쳐나가겠다는 둥, 도와주신 분들께 은혜를 갚아가며 살겠다는 둥, 유림은 떠올릴 수 있는 모든 윤리적인 거짓을 적어나가며 한 번만 기회를 달라고 간청했다. 이 은혜를 평생 잊지 않겠다며, 앞으로는 스스로의 행동에 책임을 지는 사람으로 살겠다는 맹세까지 곁들였다.

다음날 아침 여덟시 삼십분, 유림은 아카데미 대표로부터 문자로 해고를 통지받았다. 메시지의 마지막에는 '네가 말한 병원에 어제 전화했는데, 그런 이름 없다더라'라고 적혀 있었다. 대표는 유림의 전화를 받지 않았다.

아홉시 정각 문을 여는 시간에 맞춰 유림은 정신과를 찾아갔다. 허리를 구십 도로 굽히고 두 손을 공손하게 내밀어 의사에게 편지를 전했다. 의사는 찬찬히 유림의 편지를 읽었다. 의사의 표정이 부드러워졌다.

“정유림씨, 정신병력이 있으면 앞으로 개인보험에 아예 가입이 어려울 수도 있어요. 취업도 제한적일 테고요. 그래도 괜찮겠어요?”

유림은 고개를 끄덕였다.

“결혼을 하려고 한다거나, 이민을 가려고 한다거나, 교통사고를 당하게 된다거나, 형사 혹은 민사 소송에 휘말리게 된다거나, 그 외에 유림씨가 앞으로 살아가면서 겪게 될지도 모를 온갖 사건 사고에서 이 진단서 한 장이 아주 불리하게 작용할 수도 있어요. 그래도 정말 괜찮겠어요?”

“네. 괜찮아요. 꼭 부탁드리겠습니다.”

의사는 일어나서 책상 앞으로 나왔다. 유림의 등을 토닥였다. 소독약 냄새가 끼쳐왔다. 진단서를 써주겠노라고 의사는 말했다.

“정유림씨는 정상입니다.”

감사하다는 인사를 여러 번 하면서 유림은 밖으로 나왔다. 병실로 돌아가 옷을 갈아입었다. 레시피 노트를 챙겼다. 원무과에 찾아가 퇴원 절차를 밟았다. 병원비 청구서에는 19,170원이라고 적혀 있었다. 자동문이 열렸다. 유림은 병원 밖으로 걸어나왔다. 은행나무 아래 벤치에 어린 여자아이가 누워 있었다. 두 손을 깍지 낀 채 배 위에 올려두고서 흥얼흥얼 노래를 부르고 있었다. 여자아이의 표정은 은행나무 그늘에 가려져 보이지 않았다. 복숭아뼈의 윤곽과 얼기설기 엉켜 있는 정강이의 파란 핏줄이 보였다. 여자아이 곁에는 끊임없이 한 방울씩 떨어지는 노란 링거액이 링거대에 걸려 있었다. 유림은 주머니에서 퇴원서를 꺼내 펼쳐보았다. 지금 당장 아카데미로 달려가 퇴원서를 대표에게 전달해야 했다. 입원을 했다는 사실을 증명하고 대표를 설득해야 했다. 그러나 무슨 말을 안 해야 할까. 124개의 알약을 어떻게 삼켜냈는지, 어떻게 혼자서 병원까지 왔는지, 위세척을 받으며 얼마나 많은 물을 게워냈는지, 정신과 의사에게 제출한 편지는 어떤 내용이었는지, 이것들을 말하지 않고 유림은 대표를 설득해야 했다. 대표가 받아들일 수 있는 답만을 말해야 할 것이었다. 여자아이가 벤치에서 일어섰다. 아이는 도로의 가장자리에 쌓여 있던 은행잎을 한 장 집어 가슴 주머니에 꽂았다. 그리고 병원 정문으로 들어갔다. 여자아이가 누워 있던 그 자리에 유림은 누웠다. 점퍼 주머니에 손을 넣었다. 이만원을 내고 남은 거스름돈 팔백삼십원이 만져졌다.

* 마지막 장면은 윤동주의 시 「병원」을 변용해 쓴 것이다.

다시 하자고

다시 하자고 지은이 말했다.

"이걸 세워야겠어."

지은은 침대를 가리켰다. 옆방에서 건너오는 소음을 줄이려면 매트리스를 벽에 세워놓아야 한다고 했다. 바닥에서 자면 내 허리 통증도 완화될 거라 했다. 그동안 지은은 빗소리를 들으면서 자고 싶다며 침대를 오른쪽으로 옮기는가 하면, 화장실에서 멀리 떨어져 자는 것이 풍수적으로 좋다며 왼쪽으로 다시 옮겼다. 배우의 일상을 보여주는 예능 프로그램을 보고서는 침대를 방 한가운데로 옮겼다. 드넓은 통유리 창을 바라보며 배우는 기지개를 켰다. 드넓은 방 한가운데에 드넓은 침대가 놓여 있었다. 그 침대가 우리 방보다 넓어 보였다. 이 방에 침대를 놓을 수 있는 색다른 장소는 더이상 없었다. 이러다가 침대를 세워놓고 싶을 때가 올 거라고 농담처럼 지은에게 말한 적이 있는데 그게 현실이 되었다.

세 시간 전에는 냉동실에 낀 서리를 긁어내자고 했다. 그러다 냉장고 청소를 하자고 했다. 나는 문화센터 수영장에 가서 입영 연습을 할 계획이었다. 가라앉지 않고 제자리에 서 있는 기술을 마지막으로 마스터해야만 인명구조요원 자격증을 딸 수 있었다. 수영을 시작할 때 내가 가장 습득하고 싶었던 것은 자유형도 아니고 평영도 아니고 바로 입영이었다.

"너만 끝까지 착한 년이지."

지은은 지금껏 서른 번쯤 내게 그 말을 했다. 착한 사람이 되는 방식으로 다른 사람을 못된 사람으로 만들어간다고 했다. 그다지 중요하지 않은 내 입장을 나는 쉽게 폐기했다. 그것으로 양보를 가장했다. 그렇게 구경꾼이 된 나는 관찰하기에 좋은 위치를 차지하여 타인을 꿰뚫어보았다. 그게 내 못된 면모라고 지은은 주장했다.

매트리스에 예쁜 천을 덮고 폴라로이드 사진을 갈런드처럼 걸어놓고 싶다고 지은은 말했다. 지은은 이미 사진을 책상 위에 꺼내놓고 있었다. 신영과 주혜, 미희와 미선, 시한과 유선, 영은과 지희, 규리와 소미, 주영과 세라. 한 장 한 장마다 우리가 사용했던 이름들이 적혀 있었다.

지하철 공중화장실에서 지은이 처음으로 이름을 주웠다. 휴지걸이 위에 놓여 있었다고 했다.

"주신영을 주웠네."

지갑을 흔들며 지은은 말했다.

"다시 해보자. 주신영으로."

그날부터 지은은 주신영이 되었다. 주신영의 생일에 패밀리 레스토랑 사이트에 접속했다. 주신영의 주민등록번호를 넣고 생일 쿠폰을 인쇄했다. 레스토랑 직원들이 고깔모자를 쓰고서 우리를 맞이했다. 한 직원은 우쿨렐레를 들고 있었고, 또다른 직원은 케이크를 들고 있었다. 폴라로이드 사진도 찍어주었다. '신영과 주혜'라고 사진에 적었다.

"다시 해보자 수희야."

지은이 노트를 꺼냈다. 첫 장을 넘기자 방의 도면이 나타났다. 두번째 장을 넘기자 방의 도면이 나타났다. 똑같은 도면이 그려진 페이지를 지은은 넘기고 또 넘겼다. 빈 페이지에 방의 도면을 능숙하게 그려나갔다. 옮길 수 없는 것을 가장 먼저 표시했다. 방문과 욕실과 창문과 완강기였다. 위기시 사용하여 창문으로 탈출하라고 완강기에 적혀 있었다. 저 작은 창으로 사람이 빠져나갈 수 있을 리가 없다고 지은이 투덜댔다. 완강기가 없다면 창문이 작다는 생각을 하지 않아도 되었을 것이다. 직사각형의 도면 안에 지은은 네모난 가구들을 빽빽하게 그려나갔다. 테트리스 게임처럼 빈 공간이 없었다.

가구의 위치를 바꾸려면 그 자리에 있는 가구를 또다른 가구 위에 쌓아야 했다. 나는 책상을 옮기면서 오븐에 새끼발가락을 찧었다. 전기밥솥도 없는 방에서 내가 좋아하는 카스텔라를 구워주고 싶다며 지은이 사온 것이었다. 원두를 갈아 모닝커피를 마시고 싶다며 전동 커피 그라인더를 사오기도 했다. 텔레비전 크기만한 별자리 지구본을 주문하기도 했다. 전원을 켜면 대지가 사라진 지구 표면에 별들이 나타났다. 여덟 가지의 전기제품을 연결해놓은 콘센트가 과부하로 터져버린 적도 있었다. 빽빽하게 들어찬 물건 때문에 화장실에 가려면 게걸음을 해야 했다. 지은은 늘 더 좋은 생활을 궁리했다. 옆방 사람들은 최적의 물건들로 최적의 배치를 해 방을 꾸며놨을 거라 믿었다.

지은이 강아지를 데리고 온 적도 있었다. 같은 가게 아르바이트생이 키우는 개가 낳은 새끼였다. 강아지는 침대 밑으로 들어가서 나오지 않았다. 나는 사료를 쥐고서 침대 밑으로 손을 뻗었다. 강아지는 한 발 한 발 내 손을 향해 기어왔다. 허겁지겁 사료를 삼키고는 침대 바깥으로 나와 내 목덜미 냄새와 머리카락 냄새를 맡았다. 내 베개 위에 올라가 똬리를 틀고서 잠을 잤다. 방문 너머에서 발소리가 들려올 때마다 강아지는 짖었다. 간식으로 달래도 보고 무섭게 혼도 내보았다. 강아지는 까만 눈동자 속에 어리둥절함을 가득 담아 내 눈동자를 빤히 들여다보았다. 강아지를 내보내거나 퇴실하라고 관리인은 통보했다. 방을 나가자는 말을 나는 차마 하지 못했고, 지은은 강아지를 돌려보냈다.

"서울 아파트는 개를 못 키우게 한다더니."

여긴 아파트가 아니라고 나는 말했다.

이제 침대 프레임을 분해하자고 지은이 말했다. 합판으로 된 프레임을 분해해서 매트리스 뒤에 함께 세워놓을 계획이라 했다. 침대 프레임에 박혀 있는 나사를 십자드라이버로 제거할 차례였다. 드라이버가 헛돌았다. 십자 홈이 마모되어 있었다. 지은은 마모된 나사를 제거하는 방법을 검색했다. 볼트 리무버라는 공구를 주문했다. 배송이 되려면 이삼 일의 시간이 필요했다.

"점주한테 문자 보내자."

주영은 핸드폰을 집었다. 어젯밤에 아버지께서 돌아가셨다는 연락을 받았습니다. 세라랑 함께 고향으로 돌아갑니다. 갑작스럽게 그만두게 되어 정말로 죄송합니다. 주영은 이런 식으로 아버지를 계속 죽여왔다. 아버지가 없는 사람의 아버지는 죽이고 싶을 때마다 죽일 수 있었다. 아버지를 죽여서 우리는 안면도와 해운대에 갔고 자라섬 재즈 페스티벌을 구경했다. 믿어주지 않는 점주도 있었다. 그럴 땐 누가 거짓말로 아버지를 죽이느냐고 화를 내면 그만이었다. 아버지를 죽일 때마다 우리는 새 이름을 지어냈고 새 일자리를 찾아냈다.

나는 그때부터 세라가 아닌 수희가 되었다. 주영은 지은이 되었다.

"수희랑 지은이는 국어교육과라고 하자."

지은은 지은과 수희를 만들어나갔다. 수희는 지방 사범대학교 학생이었다. 임용고사 준비를 시작하기 전에 사회생활을 해보고 싶었다. 대학로 소극장에서 연극을 보고 싶었고 여의나루역 잔디밭에서 원터치 텐트를 펴고 낮잠을 자다가 치킨을 배달시켜 먹어 보고 싶었다. 같은 과 동기인 지은은 휴학을 하고 본격적으로 동화를 써보고 싶었다. 수희와 지은은 삼학년 일학기가 끝나자마자 함께 휴학했고 서울로 상경했다.

지은은 조건이 조금 나아도 점주가 반말을 쓴다거나 유니폼이 마음에 들지 않으면 그곳에서는 일하지 않는 걸 선택했다. 반대로 어떤 점이 마음에 꼭 들면 아무리 조건이 나빠도 일하려 했다. 지은은 카페의 이름을 마음에 들어했다. The Secret Garden. 카페의 한쪽 창으로는 명동 거리가, 반대편 창으로는 중국대사관의 텅 빈 정원이 내려다보였다. 시크릿 가든의 점주는 에이프런에 달린 배지를 만지작거렸다. 에이프런 앞주머니에 수십 개의 배지가 달려 있었다. 여러 자세의 고양이들과 여러 표정의 강아지들이 다닥다닥 붙어 있었다.

면접을 볼 때마다 점주들은 신분을 물었다. 지은과 나에게는 신분이랄 게 없었다. 대학에 재학중이거나 휴학중인 것도, 바리스타 자격증이나 서울 주소지의 주민등록증을 갖고 있는 것도 아니었다. 나에게는 문화센터 수영장 회원증이 있었고 지은에게는 열일곱 살 때부터 모아온 열댓 장의 헌혈증서가 있었지만 이런 종류의 신분으로는 신뢰를 얻을 수 없으므로 우리는 거짓말을 지어냈다.

"두 분 많이 닮았네요."

지은과 내가 서로 닮았다는 이유로 점주는 우리를 채용했다. 우리는 같은 미용실에서 같은 헤어 디자이너에게 머리카락을 잘랐다. 색깔만 다른 똑같은 디자인의 러닝화를 신고 다녔다. 하나의 립글로스를 함께 썼고, 같은 색 매니큐어를 발랐다. 지은이 상한 음식을 먹고 배탈이 난 날에는 나도 배탈이 났다. 가장 많은 시간 동안 내가 바라보고 지내는 얼굴이 지은의 얼굴이어서, 지은의 표정이 내 얼굴에 옮아오고 내 표정이 지은에게 옮아갔다. 가장 많은 이야기를 나누는 상대도 지은이어서, 지은의 말버릇이 나에게 옮아오고 내 생각들이 지은을 감염시켰다. 지은과 나는 한 개의 열쇠를 함께 사용했다. 그래도 우리는 달랐다. 길을 걷다가 싸우면 지은은 발걸음이 빨라지는 편이었고 나는 온몸에 힘이 빠져서 발걸음이 느려지는 편이었다. 지은은 경보를 하듯 힘차게 걸어갔다. 씩씩하게 사라져가는 지은의 뒷모습을 노려보며 내 발걸음은 더뎌졌다. 내가 열쇠를 갖고 있을 때에는 집에 먼저 도착한 지은이 방문 앞에 서서 나를 기다려야 했다. 지은이 열쇠를 갖고 있을 때에는 먼저 도착한 지은이 문을 열고 들어가 방문을 잠가버렸다. 지은이 방문을 열어주지 않을 때마다 열쇠를 복사해야겠다고 나는 다짐했다. 열쇠를 복사하면 싸워도 서로를 기다리지 않아도 되었다. 각자 들어오고 싶은 시간에 방에 들어올 수 있었고 나가고 싶은 시간에 방에서 나갈 수 있었다. 바로 그 이유 때문에 우리는 열쇠를 복사하지 않았다.

볼트 리무버는 한쪽 끝이 송곳처럼 뾰족했고 반대쪽은 나사 모양이었다. 나는 사용설명서를 읽어나갔다. 볼트 리무버의 뾰족한 끝을 사용하여 마모된 나사에 구멍을 낸 후에, 나사형 끝을 사용하여 나사를 뽑아내라고 적혀 있었다. 볼트 리무버를 쥐고서 나사를 힘껏 눌렀다. 나사에 구멍이 나기 전에 내 손바닥에 구멍이 날 것 같았다. 볼트 리무버 사용법을 검색해보았다. 전동 드릴에 꽂아서 사용해야 한다고 적혀 있었다.

"드릴까지 꼭 사야 할까?"

"볼트 리무버를 이미 샀잖아."

"드릴을 우리가 다룰 수 있을까?"

"해보지 뭐."

지은은 쇼핑몰에서 전동 드릴을 주문했다. 나는 말리지 않았다. 싫은 것을 의문형으로 표현해서 듣는 사람으로 하여금 눈치를 보게 만드는 버릇이 내게 있다고 지은이 말한 적이 있었다. 지은은 내가 그런 방식으로 매사에 책임을 상대방에게 전가한다고 했다. 이도 저도 아닌 애매한 말로 세이프 존을 확보해놓고 상대를 시험한다고 했다. 싫지만 싫다고 말할 수가 없거나 싫지만 양보가 가능할 때 사용하는 어법이었지만, 지은을 괴롭게 만드는 것만은 틀림없었다. 지은에게는 내가 고쳐보도록 노력하겠다고 약속했지만 지은을 제외하면 내 의문형을 신경쓰는 타인은 없었다.

발을 들어 발바닥을 보았다. 새까맸다. 먼지 뭉치들이 방바닥을 굴러다녔다. 책꽂이는 화장실을 가로막고 있었다. 싱크대 위에는 옷이 쌓여 있었다. 며칠 동안 이런 상태로 지내야 했다. 지은이 살던 집을 떠올렸다. 행어와 책상과 침대가 빼곡하게 들어찬 자그마한 방에는 도저히 어울리지 않는 커다란 플로어 스탠드가 있었다. 지은이 선물받은 소품들도 틈새마다 진열되어 있었다. 한쪽 벽에 세워진 행어에는 온갖 종류의 모자와 가방과 재킷이 행어를 무너뜨릴 것처럼 매달려 있었다. 지은이 자라나고 살아온 시간을 방이 감당하지 못하는 것 같았다. 작아진 신발 속에 커져버린 발가락들이 우글거리는 것과 비슷했다. 이 방에서 사는 지은도 다르지 않았다. 다큐멘터리에 나온 물위에서 사는 가족들처럼 예정된 불행에 실려가는 느낌이었다. 다큐 속 가족은 자그마한 나무 보트에서 살았고, 부부에게는 열한 명의 자녀가 있었다. 원래 열일곱 명이었는데 네 명은 굶어죽고 두 명은 물에 빠져 죽었다고 했다. 남은 열한 명의 아이들이 보트 위에 다닥다닥 앉아 있었다.

새 유니폼을 입고 가게를 탐색하는 것으로 첫 근무는 시작되었다. 지은과 나는 매장 안을 청소하는 법과 커피 머신을 다루는 법,

포스기를 사용하는 법을 점주로부터 교육받았다. 가게마다 테이블 번호를 정하는 방식이 달랐고 메뉴 입력 방식이 달랐고 레시피가 달랐다. 내 이름이 무엇인지도 헷갈리지 않도록 다시 한번 상기해야 했다. 지은이 나를 불러도 알아듣지 못하고 한 박자 늦게 대답할 때도 있었다. 지은을 주영이라고 부르거나 규리라고 부르기도 했다. 지은도 마찬가지였다. 점주는 주방으로 지은과 나를 안내했다. 창문을 열었다. 창문 아래 난간에 사료 그릇 세 개가 놓여 있었다.

"밥부터 주세요."

점주는 빈 사료 그릇을 창고로 가져갔다. 창고 한편에 고양이 사료 포대가 쌓여 있었다.

"현미맛 한 그릇, 양고기맛 한 그릇, 흰살바다생선맛 한 그릇."

양고기맛 사료를 점주는 오독오독 씹어 먹었다.

"저는 고양이 사료 감별사예요."

"그런 직업도 있어요?"

"고양이가 두루두루 좋아할 만한 맛인지 평가하는 거죠."

"고양이 입맛을 어떻게 알아서요?"

"먹다보면 알 수 있어요."

"고양이가 아닌데도요?"

"직업이란 건 사람들만의 세계인걸요."

점주는 다시 창문을 열었다. 난간에 고양이들이 모여 있었다.

"저도 사료 감별법을 배워보고 싶어요."

사료 그릇을 쳐다보며 지은이 말했다. 고양이들도 일제히 사료 그릇을 쳐다보고 있었다.

테이블에 마주앉아 있던 손님들이 돌아가면, 한 사람은 텅 빈 정원만 기억하고 한 사람은 명동 골목 간판만 기억할 거라고 지은은 말했다. 우리는 손님이 없을 때마다 공사가 중단된 중국대사관 정원을 바라보았다. 대사관은 높은 벽돌담으로 둘러싸여 있었다. 벽돌담의 그림자가 천천히 움직였다. 그 정원에서는 모든 것이 느리게 움직였다. 나뭇잎이 떨어져 천천히 가라앉았고 천천히 바닥을 굴러다녔다. 나무 그네가 흔들리다가 멈췄다. 정원 여기저기에 파이프 더미와 안전모, 깨진 기와 조각과 삽이 널려 있었다. 바람에 삭아버린 것처럼 녹이 슬어 있었다. 대사관 창문에는 먼지가 뽀얗게 앉아 있었다. 깨진 창문도 있었다. 고양이 한 마리가 대사관 이층 발코니를 느릿느릿 걸어갔다.

"저 고양이한테 이름을 지어줄까?"

지은에게 내가 말했다.

"이름을 알아듣는 건 사육되는 동물뿐이래."

깨진 창문 아래에서 웅크리더니, 고양이는 점프를 했다. 창문의 검은 구멍 속으로 고양이는 사라졌다. 지은이 몸을 돌려 반대편 창가로 걸어갔다. 우리는 인파로 북적이는 명동 거리를 내려다보았다. 거리에 여자가 서 있었다. 고양이 귀 모양의 머리띠를 하고 호객행위를 하고 있었다.

"중국어로 말하고 있을까, 한국어로 말하고 있을까?"

우리는 여자의 입 모양을 유심히 관찰했다.

점주가 쇼케이스를 열었다. 티라미수 케이크와 크레이프 케이크와 산딸기 치즈 케이크를 꺼내 테이블에 올려놓았다. 팔리지 않은 케이크를 나누어 먹는 것이 이 가게의 마지막 업무라고 했다.

"배지를 모으는 게 취미신가봐요."

나와 점주에게 포크를 나눠주며 지은이 물었다. 점주는 배지를 하나씩 가리키며 설명해주었다. 사람 대신 우주로 보내진 라이카를 추모하기 위해 제작된 배지, 베지테리언 레시피를 묶은 도서의 제작 펀딩에 참여하면서 구입한 배지, 퀴어 페스티벌에서 구입한 배지. 점주는 고양이를 핥고 있는 고양이 배지 두 개를 빼내 지은과 내 앞주머니에 달아주었다.

"내가 두 사람을 왜 채용했는지 알아요?"

"우리가 닮아서요?"

"꼭 닮은 두 사람이 손을 꼭 잡고 가게에 들어와서. 나는 그게 좋았어요."

"그게 왜 좋은데요?"

포크를 입에 문 채 나는 물어보았다.

"두 사람이 연인일지도 모른다고 생각했어요."

지은과 나는 서로를 쳐다보았다. 사람들은 자주 지은과 내가 어떤 사이냐고 물어왔다. 내가 애인을 만나러 나갈 때마다 지은은 케이지 안에 혼자 남겨져야 하는 강아지처럼 서글픈 눈빛으로 나를 쳐다보았다. 애인과 함께 있을 때마다 나는 지은을 생각했다. 지은이 이 음식을 먹으면 좋아할 텐데. 지은이 이 영화를 보면 엄청 욕을 할 텐데. 애인은 내가 지은에 대한 이야기만 늘어놓는다며 투덜댔다. 애인을 부르면서 나는 자꾸 지은의 이름을 말했다. 그러다 지은과 함께 애인을 만났다. 지은과 내가 나란히 앉고, 애인은 반대편 의자에 앉았다. 우리는 우리의 이야기를 내 애인에게 들려주었다. 작년 크리스마스에 코엑스 아이스링크에서 우리가 스케이트의 왼발과 오른발을 바꾸어 신고도 모른 채로 타고 다닌 일에 대해서. 지은과 함께 문을 닫은 놀이공원의 담을 넘어 들어가 논 일에 대해서. 나와 지은은 손뼉을 치며 웃었다. 덩달아 웃던 애인은 어느 순간부터 입을 다물어버렸다. 나는 애인의 팔짱을 끼고, 다른 손으로 지은과 손깍지를 꼈다. 애인은 애인이 도대체 누구인 거냐고 따졌고 나는 애인과 헤어졌다.

"꼭 닮은 고양이가 꼭 붙어다닐 때도 연인이라고 생각하세요?"

지은이 점주에게 물었다.

"어느 정도를 연인이라고 해야 할지. 근친교배를 하는 경우도 잦아서요."

"사람은 어느 정도를 연인이라고 하는데요?"

무례한 질문을 받았다고 여길 때마다 지은은 무례한 질문을 되돌려주었다. 곤란하게 만든 사람을 곤란하게 만드는 방법으로 상대를 응징했다.

"말해주지 않아도 괜찮아요."

너그러운 얼굴로 지은과 나를 번갈아 보며 점주는 말했다.

가게문을 잠그면서 점주는 지은에게 지퍼백 두 개를 건넸다. 사료가 담겨 있었다. 각각의 사료를 맛보고 어떤 사료가 어떤 맛인지 맞혀보라는 숙제를 내주었다.

지은은 내게도 사료를 먹어보라고 권했다.

"어때?"

"이게 그나마 나은 것 같은데?"

나는 왼쪽 사료를 가리켰다. 지은이 고개를 끄덕였다. 지은과 나는 음식맛을 잘 모른다는 말을 자주 들었다. 어떤 음식이 내게 맛있는지 정도는 나도 알았다. 유명한 평양냉면 전문점에서 먹는 물냉면보다 우리 동네 비빔냉면이 더 맛있었다. 그 집 비빔냉면보다 김밥집에서 여름 메뉴로 파는 비빔냉면이 더 맛있었다.

"무슨 맛 같아?"

"애기 발가락 맛?"

"이건 무슨 맛 같은데?"

지은이 오른쪽 사료를 가리켰다.

"아저씨 발가락 맛?"

"너 아저씨 발가락 먹어봤어?"

우리는 고양이 사료를 우리들의 식사처럼 가운데에 두고서 깔깔 웃었다. 양고기맛 사료를 먹는 고양이도 양고기는 안 먹어봤을 것이다. 양고기맛을 모르고서 양고기맛 사료를 먹는 고양이를 보며 사람들은 그 고양이가 양고기맛을 좋아한다고 믿을 것이다.

"함박스테이크 집 생각난다."

"그때 두 시간 넘게 기다렸어."

"니가 줄 서 있는 동안엔 내가 그늘에 들어가서 쉬고, 내가 줄 서 있는 동안엔 니가 그늘에 들어가서 쉬고."

"니가 뒷골목 함박스테이크 집하고는 차원이 다른 맛이라고 했잖아."

"뒷골목 함박스테이크 집에서 배달받아서 파는 덴 줄도 모르고."

우리는 사료를 천장으로 던지며 입을 크게 벌렸다. 입으로 들어오지 못한 사료 알갱이가 방바닥 여기저기에 토끼똥처럼 흩어져 있었다.

지은이 택배 상자를 뜯었다.

"멋져. 전문가 같아."

전동 드릴을 꺼냈다. 볼트 리무버를 꽂았다. 요란한 소리를 내며 드릴이 돌아갔다. 마모된 나사를 뽑아냈다. 지은이 박수를 쳤다. 마모된 나사를 트로피처럼 높이 들고서 지은은 춤을 추었다. 다른 사람들이 매주 로또를 살 때 지은은 인형 뽑기를 했다. 다른 사람들이 애인을 사귀고 애인과 헤어질 때 지은은 벽에 붙여놓은 아이돌 브로마이드를 다른 아이돌 브로마이드로 바꿨다. 중국제 이미테이션 피카츄 인형을 뽑고서, 화장품을 사면 무료로 나누어 주는 한정판 브로마이드를 얻고서, 지은은 춤을 추었다. 나도 그 기쁨에 동참했다. 함께 인형을 뽑고 같은 아이돌을 좋아하고 지은과 함께 춤을 추었다.

우리는 프레임을 세웠다. 세워지지 않았다. 왼쪽 벽을 측량했을 때는 딱 맞게 세울 수 있었지만 오른쪽 벽에서는 불가능했다. 우리는 온 힘을 다해 프레임을 오른쪽 벽에 밀착시켰다. 천장의 벽지가 벗겨지고 석고 조각이 후두둑 떨어졌다.

"잠 좀 잡시다."

방밖에서 누군가 외쳤다. 이곳에서는 누구나 누구에게든 말을 걸 수 있었다. 방문을 두드릴 필요도 없었다. 자신의 방 안에서 평소보다 조금 큰 목소리로 말하면 되었다. 불을 끄고 지은과 방에 누웠다.

"버려버리자."

결연한 목소리로 지은이 말했다.

"뭐를?"

"프레임을."

프레임이 없다면 프레임에 발을 찧을 일도 없을 것이고, 프레임 아래로 동전이 굴러들어가는 일도 없을 것이고, 매일 방바닥에 머리를 붙인 채 프레임 밑으로 팔을 뻗어 걸레질을 할 일도 없을 것이었다. 하지만 프레임을 버리는 것을 집주인이 허락할 리 없었다.

"집주인이 알아챌 리 없어."

우리가 이 방에서 계속 살아갈 것이기 때문에 프레임이 사라져도 집주인은 모를 것이라고 지은이 나를 설득했다. 지은은 여기가 우리의 도착지라고 여겼다. 나는 도착해버렸기 때문에 도리어 미아가 된 것 같았다. 앞으로 어디로 가야 하는 건지 막막했다. 무언가를 더 기대해서는 안 된다고 나는 다짐했다. 그다지 힘든 일은 없었다. 나름대로 행복했다. 그러나 혼자 이불을 돌돌 말고서 애처로운 자세로 잠들어 있는 지은을 보며, 우리의 미래가 저런 모양을 할 거라고 생각했다. 나는 그것을 기대했다. 기대할 거라곤 그것밖에 없었다. 무기력하다는 생각조차 무력감 때문에 할 수 없었다. 내가 견디고 있는 무언가가 무엇인지, 알고 싶지 않았다.

누군가 엉엉 우는 소리가 들렸다. 귀를 기울였다. 모든 방의 사람들이 소리를 멈추었다. 우는 사람이 조용해질 때까지 원룸텔 사람들이 가만히 누군가의 슬픔을 함께 들어주는 듯했다. 얼굴을 모르는 사람들이었다.

주방 창문에서는 고양이와 눈이 마주칠 수 있었다. 손님이 화장실의 위치를 물어보면 손님과 눈이 마주칠 수 있었다. 그래서 이 가게를 하게 되었다고 점주는 말했다.

"다른 사람과 눈을 마주칠 수 없던 시절이 있었어요. 그 문제로 칠 년이나 정신과에 다녔거든요. 돈을 벌기 위해서가 아니라, 눈을 마주치며 누군가와 말을 해보기 위해 이 가게를 열었어요."

점주는 대사관을 물끄러미 바라보았다.

"대사관은 치외법권 지역이에요. 망명자들이 가장 먼저 찾아가는 곳이 바로 저기예요. 그래서 고양이들이 모여드나봐요. 고양이들은 다른 사람이 쳐다보면 자세를 낮추고 있다가 도망을 가요. 고양이들이 내 눈빛을 받아주기 시작하면서 나도 사람의 눈을 보면서 말할 수 있게 되었어요. 고양이들이 새끼의 새끼의 새끼를 낳는 동안 나도 여기서 많은 사람을 만났어요. 저 자리에 곧 대사관 건물이 신축될 거라고 들었어요. 고양이들이 지낼 공간도 사라지겠죠. 그러면 이 가게도 문을 닫을 거예요."

"그럼 저는 사료 감별법을 누구한테 배워요."

지은이 점주에게 말했다. 숙제를 해왔느냐고 점주는 물었다. 지은은 가방에서 사료 봉지를 꺼냈다. 사료에서 현미맛도 양고기맛도 흰살바다생선맛도 나지 않았다고 말했다.

"바나나 우유에서 정말 바나나맛이 난다고 생각해요?"

양고기맛과 양고기맛 사료는 큰 상관이 없다고 했다. 양고기맛 사료는 양고기맛이 아니라 양고기맛 사료 맛이라는 것이었다.

"양고기맛 사료는 양고기맛이 아니라 양고기맛 사료 맛이다."

지은은 중얼거렸다. 점주는 퇴근하면서 지퍼백 두 봉지를 지은에게 다시 건넸다. 이번에는 둘 다 흰살바다생선맛 사료라고 했다. 한쪽은 고양이들이 좋아하고 한쪽은 매우 싫어한다고 했다. 어느 쪽이 좋아하는 맛인지 맞혀보라는 숙제를 내주었다. 지하철역까지 점주와 함께 걸었다. 고양이가 어떤 맛을 좋아할지, 어떤 냄새, 어떤 소리, 어떤 색을 좋아할지 이야기를 나누었다.

"고양이는 색맹 아닌가요?"

그래서 사료가 모두 갈색인 것 아니냐고 나는 말했다. 고양이가 파란색을 좋아했더라면 파란색 사료가 나왔을 거라고 했다.

"색맹은 아니에요. 눈으로는 색깔을 구분할 수 있는데 뇌가 색깔을 구분하지 않는다고 하더군요."

"자발적 색맹인 건가요?"

"일종의 의지겠죠. 불필요했을지도 모르고요."

지은이 신호를 보냈다. 나는 프레임을 들고서 살금살금 복도를 빠져나왔다. 지은이 손짓을 했다. 출입구로 다가가 관리실 안을 들여다봤다. 관리인은 책상에 엎드려 있었다. 합판을 한 장씩 운반했다. 합판을 두 장째 운반했을 때 관리인이 깨어났고, 나와 지은은 관리인이 다시 잠들 때까지 한 시간을 더 기다렸다. 지은과 프레임을 나눠 들었다. 대형폐기물 더미 속에 프레임을 내던졌다. 텅 빈 골목에 쿵 소리가 울려퍼졌다. 가끔 이런 새벽에 쿵 소리를 들은 적이 있었다. 그때마다 나는 누군가 투신자살한 것이 아닐까 상상했다.

"다시 해보자."

벽지가 뜯어진 천장에 페인트칠을 하자고 지은이 말했다. 작년 겨울에 천장에 습기가 차서 한쪽이 누렇게 변해버린 것이 안 그래도 신경쓰였다고 했다. 예쁜 색으로 페인트칠을 하고 매트리스를 세워놓아야 아침에 눈을 뜰 때마다 행복해질 거라고 했다.

"시간이 될까?"

나는 다음주에 있을 인명구조요원 자격증 시험을 생각했다. 이번에 시험을 보지 못하면 육 개월을 더 기다려야 했다.

"어차피 인명구조는 못할 텐데."

누군가 버리고 간 매트리스에 붙어 있던 폐기물 스티커를 떼어 내 프레임에 붙이며 지은이 말했다. 나도 알고 있었다. 인명을 구조해야 하는 일에는 해난구조대가 출동할 것이다. 나는 인명구조요원이 되더라도 수영장 의자에 앉아 있는 일을 할 것이다. 수영 강습을 받으러 온 사람들이나 자유 수영을 하러 온 사람, 나처럼 인명구조요원 자격증을 따기 위해 연습하는 사람들을 구경할 것이다. 여름 한철에는 캐리비안베이의 워터 슬라이드 옆에 서 있거나 해수욕장 파라솔 아래 앉아 주변을 두리번거리고 있을 것이다. 워터 슬라이드를 타려는 사람들을 줄 세우고, 자세를 설명하고 호루라기를 불 것이다. 이동식 망루 위에 앉아서 누군가가 해수욕장 세이프존을 벗어나면 메가폰에 대고 소리쳐 경고할 것이다.

"언젠가 구조하게 될지도 모른다고 생각하는 게 좋은 거지."

누군가가 운이 나쁘길 기대하는 사람 같다는 말을 남기고 지은은 팩 돌아섰다. 성큼성큼 걸어가기 시작했다. 경보를 하듯 두 팔을 기운차게 휘둘렀다. 멀어져가는 지은을 바라보다가 나도 걷기 시작했다. 나는 속도를 점점 올렸다. 빠르게 걸어가는 지은을 더 빠른 속도로 앞질러 갔다. 지은보다 먼저 방에 도착하고 싶었다. 주머니에서 열쇠를 꺼내 방문을 열었다. 그리고 방문을 잠그지 않았다. 나는 방문을 잠그지 않는다는 걸 지은에게 보여주고 싶었다.

"너만 끝까지 착한 년이지."

뒤늦게 들어온 지은이 말했다.

크게 다툰 날에도 우리는 싱글 침대에서 함께 잠을 잤다. 잠을 잘 수 있는 공간이 거기밖에 없었지만, 꼭 그 때문만은 아니었다.

"잘 자, 수희야."

"내일도 잘 지내자."

크게 다툰 날에도 우리는 꼭 그 말을 서로에게 하고 잠들었다. 그날 잠을 자다 깨어나보니 지은이 매트리스 곁에 웅크려 앉아 천장을 바라보고 있었다.

"뭐해?"

"무슨 색으로 칠할지 생각해."

"내일 페인트 사러 갈까?"

지은은 고개를 끄덕였다. 나는 눈을 감았다. 아침에 눈을 떴을 때 지은은 사라지고 없었다. 수희야, 프레임값 좀 물어줘. 방문에 포스트잇이 붙어 있었다. 지은이 떠나줘서 기뻤다. 지은은 현명했다. 나는 매일매일 지은의 물건을 내다버렸다. 방이 뭉텅뭉텅 비워져갔다. 이 방은 둘이 살기에 좁지 않은 방이었다. 이제 지은이 없는 허전함을 누릴 수 있었다. 나는 밥을 많이 먹었다. 소화가 잘됐다. 식탐이 생기기 시작했다. 지은에게 느꼈던 답답한 감정을 그리워할 수 있게 되었다. 점주에게 일을 그만두겠다고 말했고 마지막 집세와 함께 프레임값을 지불했다. 어쨌든 나는 좁은 방에서 나갈 수 있게 되었다. 내 이름으로 돌아갈 수도 있게 되었다. 사거리 할인마트 적립 카드와 지은의 핸드폰 신규 계약서, 방 도면과 사고 싶은 것들을 적은 위시 리스트가 페이지마다 빼곡한 지은의 노트를 마지막으로 정리했다. 노트 뒤표지를 펼치니 지은의 일기가 적혀 있었다. 처음 이 방에 입주한 날에 마트에 갔던 일이 적혀 있었다. 그날 우리는 세면도구와 컵라면 한 박스와 이 노트를 샀다. 지은은 그날부터 방의 도면을 그렸고, 그날부터 일기를 써왔다. 내가 마치 삼 일만 머물 사람처럼 여행용 세면도구 세트를 골랐다고 적혀 있었다. 일기장에는 이 방에서 우리가 함께 지낸 날들이 죄다 적혀 있었다. 모든 순간을 함께 보냈는데 하루하루가 지은은 나와 너무도 달랐다. 하지만 지은은 나 자신보다 내 마음을 더 정확하게 알고 있었다. 지은이 내 일기장을 내내 훔쳐본 것 같았다.

추앙

돌참나무로 뒤덮인 곳에서 A교수는 멈춰 섰다. 뒤를 따라가던 한 무리의 학생들도 함께 멈춰 섰다. 시상을 찾자고 A교수는 말했다. 정원은 백팩에서 노트를 꺼냈다. A교수는 고개를 저었다.

"먼저 느껴야지."

느끼기 위해선 나무를 끌어안아야 한다고 A교수는 말했다. 끌어안는다는 표현을 정원은 비유로 이해했다.

"어서."

A교수는 학생들의 어깨를 손바닥으로 가볍게 밀었다. 정원은 주뼛거리며 나아갔다. 두 팔을 벌려 나무를 감쌌다. 수피 부스러기가 떨어졌다. 나무의 갈라진 틈 사이로 불개미떼가 기어갔다. 나뭇가지 사이에 집을 짓던 초록빛 거미가 보였다. A교수는 나무

에게 말을 걸어보자고 했다. 등산객들이 흘끔거리며 지나갔다.

"나무야, 안녕?"

한 학생이 먼저 입을 뗐다. 나무 하나씩을 끌어안은 채 학생들은 중얼거렸다. 정원은 얼굴을 어디다 두어야 할지 몰랐다. 정면을 보면 코가 나무에 닿았고, 고개를 돌리면 볼이 수피에 쓸렸다. 고개를 꺾어 위를 향하기도, 고개를 숙여 아래를 향하기도 어색했다.

"나무의 피를 느껴봅시다."

A교수는 또 담배에 불을 붙였다.

유화 선배가 수업에 빠져야 한다는 말을 꺼냈을 때, A교수는 아이를 돌봐줄 사람이 영 없으면 아이와 함께 수업에 참여해도 좋다고 했다. 아이에게도 좋은 경험이 될 거라면서. 마침내 뽀로로 인형을 안은 유화 선배의 아들이 강의실에 들어왔다. A교수는 아이에게 이름을 물어볼 때에도 담배에 불을 붙였다.

하얀 카디건에 진액이 묻었다. 불개미 몇 마리가 진액에 붙어 버둥거렸다. 카디건에 붙은 불개미를 한 마리씩 떼어내며 정원은 A교수를 따라 걸었다. 산책로를 빠져나와 수심이 얕은 계곡에 다다랐다. 그들은 '들어가지 마시오' 푯말 위를 훌쩍 건너 너럭바위 위에 자리를 잡았다. 삼학년 선배 현석이 막걸리와 종이컵을 꺼냈다. A교수는 등산화를 벗고 양말을 벗었다. 맨발을 계곡물에 담갔다. 학생들도 신발과 양말을 벗었다. 맨발을 계곡물에 담갔다. 물이 흘러가며 발목을 스쳤다. 살갗이 베이는 것처럼 차가웠다. A교수는 시원하다고 호탕하게 말했다. 학생들도 시원하다고 말했다. 정원도 시원하다고 말했다. 맨발을 물에 담근 채로 백팩에서 김밥을 꺼내 나누어 먹고, A교수가 종이컵에 채워준 막걸리를 들이켰다. 김밥은 딱딱했다. 학생들은 차례대로 시를 낭송했다.

"자유로워야 한다. 피로 써라. 다칠 것을 두려워하지 마라. 완전 연소하라."

정원은 받아적었다. 학생들이 하나도 빠뜨리지 않고 받아적을 수 있도록 A교수는 천천히 읊었다.

"가슴이 무너진 적이 없는 사람은 시를 쓸 수 없다."

정원은 고개를 들었다. 정원이 이 문장을 처음 접한 것은 입시 준비를 할 때였다. 이 문장 때문에 정원은 시를 읽기 시작했다. 그 시절 정원은 육 개월이 넘도록 앉아서 잠을 잤다. 무너져내린 것들을 방치하지 않기 위한 정원의 유일한 대처였다. 정원은 시인으로 유명한 A교수가 근무하는 학교에 원서를 넣었다.

입학하니 A교수는 학교에 없었다. 과 사무실 한쪽 벽에는 '우리 선생님, 우리가 지킨다!'라고 적힌 피켓들이 쌓여 있었다. A교수가 정치공작으로 인하여 해직을 당했다고 현석은 설명했다. 학생들은 강의가 아니라 A교수의 복직을 위해 학교를 다녔다. 정원도 A교수의 강의를 한 번이라도 들어보기 위하여 피켓을 들기 시작했다. 연일 술자리로 끝을 맺었다.

"너같이 옷 입는 애가 문학하는 거 안 어울려."

술자리에서 현석이 정원에게 옷을 잘 입는다고 칭찬하던 끝에 뱉은 말이었다. 가죽 재질의 바지를 입을 때, 헐렁한 민소매 티셔츠를 입을 때, 빳빳하게 드라이클리닝을 한 트렌치코트를 꺼내 입을 때, 모직 뉴스보이 캡을 쓸 때, 정원은 애를 썼다. 사담을 하는 모든 자리에서 정원은 가슴이 무너진 경험을 일부러 말했다. 이 준거집단에서 소속감을 허락받기 위해서였다. 정원은 시원한 민소매 티셔츠를 포기했다. 그리고 따뜻한 스웨이드 부츠를 포기했다. 트렌치코트를 옷장 깊숙이 넣었다. 러닝화를 신고 야구모자를 쓰고 몸의 윤곽을 숨겨주는 셔츠와 야상 점퍼를 입고 다녔다. 연상의 남성을 형이라고 부르기 시작하자 현석은 이제야 자유로워 보인다고 칭찬했다. 틀에 박힌 여성성을 벗어났다며 반가워했다. 현석은 무지개색 팔찌를 차고 다녔다. 퀴어 페스티벌에 매해 참가했고, 페미니즘 세미나를 주도했다. 장애인 학생을 위한 교내 엘리베이터 설치 운동을 홍보했고, 학보사와 학생회의 부패 척결을 위한 서명운동을 벌였다.

A교수는 학교로 돌아왔다. 정원의 무너진 가슴에 한줄기 희망을 주었던 그 문장을 방금 두 귀로 들었다. 너럭바위에 작은 얼룩이 생기기 시작했다. 정원은 손바닥을 펴고 하늘을 올려다봤다. 빗방울이 떨어져 계곡물에 동심원을 그렸다. A교수는 노래를 부

르기 시작했다.

"돌아서 눈감으면 잊을까. 정든 님 떠나가면 어이해. 바람결에 부딪히는 사랑의 추억."

눈을 감은 채 A교수는 자기 노래에 빠져드는 표정이었다. 정원은 손끝에 따뜻한 입김을 불어넣었다. 또 다리가 저려왔다. 정원은 오른쪽 다리를 주물렀다. 주변은 금세 어두워졌다. 비에 젖은 노트를 손바닥으로 닦아냈다. 글씨가 번져갔고, 종이는 우글거렸다. 비옷을 입거나 우산을 쓴 등산객들이 잠깐씩 멈춰 섰다가 지나갔다. 정원은 조금 부끄러웠다. A교수가 피우는 담배와 플라스틱 막걸리 병과 바람에 굴러가는 종이컵과 '들어가지 마시오'라는 푯말이 신경쓰였다. 그러나 부끄럽다고 말할 수는 없었다.

말하고 싶다는 욕망 때문에 정원은 글을 쓰기 시작했다. 그러나 매번 말할 용기가 없었다. B강사는 수업이 끝날 때마다 학생들에게 저녁을 먹자고 했다. 밥을 시키고 술을 시켰다. B강사도 술이 들어가면 노래를 불렀다. 무엇이든 자유롭게 지르는 용기가 필요하다며 '야자타임'을 가졌다. 주점 주방에서 양파 몇 개를 얻어와서는 학생들에게 하나씩 쥐여주었다. 그리고 사과처럼 우적우적 씹었다. B강사가 눈물을 줄줄 흘릴 때, 정원도 양파를 씹었다. 정원도 눈물을 줄줄 흘렸다.

"네가 시인이다."

양파를 손에 들고 그들은 함께 울다가 웃었고, 그날 B강사로부터 정원은 성추행을 당했다. B강사가 입을 맞추려고 했을 때, 정원은 재빨리 자신의 입을 틀어막았다. B강사는 "따먹고 싶었다"라는 말을 했다가 "따먹었으면 먹고 버렸을 거다"라는 말을 했다가 "죽어버려라"라는 말을 했다. B강사가 한껏 용감하게 말해댈 때, 정원은 아무 말도 하지 못했다. 집에 돌아와 항의 메일을 보냈다. B강사는 사과의 내용을 담은 답장을 보내왔다.

다만, 어떤 글을 읽고 내 감정이 올라오고 글을 쓴 사람의 영혼에서 모종의 친연성이 느껴질 때

때로 주체할 수 없을 정도로 뭔가 그리워질 때가 있다네.

그건 특정한 대상에 대한 것이 아니라

나 자신, 잘 알 수 없는 어떤 근원과 닿아 있는 거라 늘 생각한다네.

아마도 그 끊을 수 없는 불투명한 연정이 속을 복받치게 했던 거라 생각하네.

그래서, 나 자신도 납득할 수 없는 이상한 행동이 유치하게 발현되었다고 보네.

메일의 마지막 문장은 "너는 참 좋은 문학적 자질을 가졌다네"라는 칭찬이었다.

B강사의 시처럼 B강사의 메일은 멋진 문장으로 빼곡했다. 정

원이 쓴 항의 메일은 초라했다. 자신이 느낀 분노도 수치심도 좌절도, 정원은 제대로 적지 못했다. 좋은 문학적 자질이란 무엇일까. 정원은 자신이 좋은 문학적 자질을 가졌다는 말에 모멸감을 느꼈다.

정원은 성평등상담소에 이 일을 신고했다. B강사는 주임교수와 조교에게 의논했으며 별일 아니라는 결론이 그들 사이에서 오갔다는 얘기를 정원은 전해들었다. 이 상황을 정원은 현석에게 털어놓았다. 문학계에 뿌리박힌 여성혐오의 오랜 역사를 현석은 한탄했다. 그리고 그는 최근 여성혐오적 언행으로 이슈가 된 P시인을 비판하는 글을 SNS에 올렸다. P시인에 대한 글을 꾸준히 올렸지만, B강사에 대한 언급은 없었다. 현석은 홈리스 여성들의 불안정한 삶에 대한 글을 공유했고, 온라인 서점 대신 작은 동네 책방을 이용하자는 글을 올렸으며, '자유로운 영혼의 시쓰기란'으로 시작되는 B강사의 글을 공유했다. '성추행범은 말할 자격이 없다'는 현석의 글과 '거침없이 말해야 한다. 시인은 무엇을 말하든 시가 된다'는 B강사의 글이 번갈아가며 SNS에 올라왔다. SNS에 올라온 '가장 존경하는 시인은?'이라는 질문에 현석은 A교수와 B강사를 꼽았다. '그 이유는?'이라는 질문에는 '그 시인들은 매 순간 시인이며 그들의 인생 자체가 시다'라는 답변을 달았다. B강사는 현석의 글을 공유했다.

A교수는 학생들에게 노래를 시켰다. 〈섬집 아기〉와 〈사랑했지

만>이 산속에 울려퍼졌다. 빗방울은 굵어졌다. 노래를 부르는 사람의 입술에서 빗방울이 튕겨나왔다. 머리카락을 타고 물이 뚝뚝 떨어졌다. 새들의 깃털은 빗속에서도 젖지 않는다고 A교수는 말했다. 현석은 이렇게 비를 흘딱 맞으며 시를 읊고 노래를 부를 때, 자정이 넘어도 아무도 집에 가지 않고 술자리에 둘러앉아 있을 때, 혹은 학교의 정자 아래에 있는 더러운 연못으로 뛰어들 때가 바로 '시인의 시간'이라고 요약했다. 그런 순간을 함께하지 못하는 학생들은 시인의 피가 부족하다고 멸시했다.

B강사와의 일 이후로 정원은 '시적 허용'이라는 말을 곱씹는 습관이 생겼다. 전날까지만 해도 정원이 좋아한 말이었다. 가슴이 무너진 모든 기억을 시는 허용해줬으니까. 그러나 이제 '시적 허용'이라는 말이 폭력적으로 느껴졌다. 그 말이 어떤 부당함을 시적 특권으로 포장하는 듯했다. 그 특권을 누리는 자들은 그것을 '디오니소스적인 것'이라고 표현하고는 했지만, 그들의 디오니소스적인 면모는 타자, 그중에서도 유독 약자 앞에서만 강하게 분출되는 특징이 있었다. 시간이 지나면 B강사와의 일은 잊힐 것이었다. 그러나 글을 쓰는 한 '시적 허용'이라는 이름으로 자행되는 강압들과 부대끼며 살아가야 할 것이었다.

잠자기 위해 누웠다가 벌떡 일어나 앉는 밤들이 지나갔다. B강사는 대학 강사이자 유명 시인이었다. 정원은 대학생이자 습작생이었다. 가지고 싶었던 것을 가진 자와 가지고 싶은 것을 가지지 못한 자의 대화는 평등할 수 없었다. 정원은 일방적으로 들어야 했고, 일방적으로 수긍해야 했다. 정원은 매번 하고 싶은 말을 참아야 했고, 내 생각은 다르다는 말이 안에서 쌓여갈수록 그것을 말할 수 없다는 사실에 모욕감을 느꼈다. B강사가 취한 행동의 저변에는 자신이 '시적 영혼'의 소유자라는 합리화가 깔려 있었다. 또한 '시적 영혼'의 저변에는 유구한 역사를 자랑하는 문학적 추종 그 자체와 현석과 같은 충직한 추종자들이 있었다.

B강사가 함께 밥을 먹자고 할 때마다 정원은 친구와의 선약까지 취소하면서 B강사를 만나러 가야 했다. 야자타임도, 생양파를 씹어 먹는 것도, 사람들이 쳐다보도록 큰 소리로 노래를 부르는 것도 싫었지만 정원은 따랐다. 모종의 의무감에. '머리로 쓰는 시'와 '가슴으로 쓰는 시'를 나누어서 말하는 것도, '진짜 시인'과 '가짜 시인'을 구별하는 것도 싫었다. '진짜 시인'을 칭송하며 치켜세우는 말들도 싫었다. 정원의 영혼에서 모종의 친연성을 느낀다는 말만으로도 정원이 모욕감을 느꼈다는 사실을 B강사는 알기나 할까.

정원은 현석의 진심이 궁금했다. 성추행범을 욕하고 여성성의 해방을 부르짖으면서 동시에 성추행범을 추앙하며 그들의 가부장적이고 마초적인 성향을 찬미하는 일이 어떻게 가능한 걸까. 강직하거나 점잖다고 정평이 나 있는 수많은 교수와 시인 중에서 현석은 어째서 A교수와 B강사를 가장 존경하는 시인으로 꼽았을까.

사회적 변두리에 있는 것만을 지지하며 깨어 있는 젊은 지식인 행세를 하는 현석의 고매한 취향에 해임당한 적이 있는 A교수와 가난하기로 소문난 B강사가 가장 적합했던 것일까. 자유주의자 코스프레를 하며 반항아라는 가면을 쓰고 사는 그들을 공개적으로 지지하는 것만으로도 현석은 자유롭고 반항적인 이미지를 지지하는 자의 이미지를 자기 것으로 삼을 수 있다고 생각한 걸까. 권위가 없는 척하는 것으로 만들어질 수 있었던 그들의 권위를 지지하며 자신은 권위를 지지하지 않는다는 착각에 빠졌을지도 모른다. 시에 대한 고급한 안목을 드러내는 동시에 마이너한 것을 추구한다는 일종의 우월감도 느꼈을 것이다. 소위 저급하다고 말해지는 대중적인 감각이나 누구나 떠받드는 상투적 고상함을 비웃을 수도 있었을 것이다. 졸졸 따라다니는 형의 말을 앵무새처럼 따라하고, 형이 침을 뱉으면 따라 뱉고, 형이 여자를 때릴 때 망을 봤으면서도 그 여자와 함께 형 욕을 해대고, 그러다가 다른 형에게로 옮겨가는 삶. 단물만 빨아먹다가 뱉어버리면 그만일 형들이야 앞으로도 어디든지 널려 있을 것이다.

정원은 다시 앉아서 잠을 자기 시작했다. 침대에 앉아 벽에 기대어 텔레비전을 보던 자세로. 책상에 앉아 인터넷 뉴스를 보던 자세로. 앉아서 자다가 눈을 뜨면 그 자세 그대로 다시 텔레비전을 응시하거나 마우스를 쥐었다. 정원은 허리 디스크 판정을 받았다. 통증은 허리를 타고 내려와 허벅지와 종아리를 지나 발목까지 번져갔다. 고통스러울 정도는 아니었지만 신경을 긁었다. 앉아 있는 시간이 길어질수록 통증은 심해졌다. 시도 때도 없이 오른쪽 다리가 저려왔다.

자다 깨다를 반복하며 다리를 주무르던 밤, 정원은 학교 홈페이지에 접속해 자퇴원을 인쇄했다. 학교와 함께 글쓰기도 그만둘 생각이었다. 자퇴원에는 자퇴 사유를 입력하는 칸이 있었다. 시적 자유와 낭만성으로 포장되는 모든 폭력이 싫습니다. 그 문장을 적고 나서야 정원은 침대에 누워 깊은 잠을 잤다. 다음날 아침 정원은 그 문장이 부족하다고 느꼈다. 정원은 문장을 첨가했다. 그 다음날 아침에도 문장을 첨가했다. 그러나 또 다음날 아침이 되면 어김없이 무언가 부족해 보였다. 객관적인 사실을 드러내는 동시에 주관적인 고통을 전달해야 했다. 개인적 경험이나 아픔을 드러내는 것에 그쳐서는 안 되었다. 사회의 윤리 바깥으로 나아가려는 문학을 추앙하는 태도와 그런 태도를 가진 자들을 추앙하는 태도가 얼마나 긴밀하게 연결되어 있는지, 이 연결에 얼마나 내밀한 권력관계가 작동하는지를 적어보고 싶었다. 연결 안팎에 있는 이들에게 권력관계가 얼마나 아무렇지도 않게 폭력으로 행사되고 있는지를 드러내고 싶었다. 무엇보다도 정원은 자신을 위해 말을 해야 했다. 타의에 감금된 자신을 최소한 자기 자신을 마주할 때에는 풀어주어야 했다.

이런 식으로 정원은 자퇴 사유를 적는 일에 몰두해갔다. 어느새 그 일은 자퇴를 위한 일이 아니게 되었다. 오직 그 글을 완성하기 위해서 정원은 매일 썼다. 무너져내린 것을 방치하지 않기 위한 유일한 대처였다.

그 무렵 정원은 A교수가 재판에서 승소했으며, 새 학기에는 정원도 그의 수업을 듣게 될 거라는 소식을 들었다. 만약 자퇴원을 낸다면 어떤 반응이 돌아오게 될지 정원은 가끔 궁금해졌다. 자퇴원의 최종 승인은 이제 A교수가 내리게 될 거였다. 기득권자들과 흔쾌히 맞서 싸우던 기득권자로부터 이해를 받을 수는 없을 것이었다.

물은 불어나 콸콸 흘렀다. 그들은 목청껏 노래를 부른 후 박수를 쳤다. 계곡물에 담가둔 새빨간 발을 꺼내어 양말을 신었다. 오늘 느낀 시심을 시로 써오라는 과제를 받았다. 쓰레기를 주워모으던 정원에게 A교수가 다가왔다.

"잘해라."

"예?"

시를 잘 쓰라는 말로 정원은 알아들었다.

"너는 마녀상이야. 남자 잡아먹을 상이야. 잘해라."

그들은 언덕을 내려갔다. 현석이 정원의 동기들에게 하는 말이 들려왔다.

"교수님 정말 시인이지 않냐?"

현석은 감동적인 수업이었다고 말했다. 흰 새떼가 날아가고 있었다.

'새들의 깃털은 빗속에서도 젖지 않는다.'

정원은 딸꾹질을 했다.

* 이 글에 삽입된 메일은 2011년 10월 1일 15시 32분 B강사로부터 받은 것의 일부이며, 이 글은 2016년 10월 5일에 작성되었습니다. 이후 SNS에서 '#문단_내_성폭력' 해시태그 운동이 벌어졌습니다. 그 운동을 지켜보면서, 이 글에서 소설적인 요소를 제거해 고발적 성격의 르포르타주로 수정하고 싶다는 생각을 했지만, 초안 그대로 두기로 합니다. 이 글이 문단 내 성폭력 피해자로서 제가 용기 내어 적은 첫 글이기 때문입니다. 성폭력 피해자들의 첫 목소리들이 한 세계를 끝내고 다음 세계를 열 것이라 믿고 있습니다.

뻔한 세상의
아주 평범한 말투

* 이 소설은 허먼 멜빌의 단편 「선원, 빌리 버드」를 리라이팅한 것이며, 제목 '뻔한 세상의 아주 평범한 말투'는 「선원, 빌리 버드」 속 문장을 차용한 것이다.

혼잣말을 끝내고서 언니는 끝까지 들어주어서 고맙다고 했다. 자기 이야기를 한 것만으로 나와 가까워졌다고 여기는 듯했다. 어깨동무를 하고 팔짱을 끼고 손을 잡아왔다. 동네를 소개해달라면서 언니는 자기가 가고 싶은 방향으로 걸었다. 앞서가는 언니의 뒷모습을 바라보았다.

어디서부터 얘기를 해야 할까. 이 년 전에 이혼을 했어. 이혼이 문제는 아니었어. 이후가 문제였지. 원래는 병원에서 일했어. 스물네 살 때부터 구 년을 내리 일했어. 삼교대였거든. 밤에 일했다가 아침에 일했다가 오후에 일했다가 했는데, 집에 돌아오면 피곤해서 일단 자야 했어. 남편은 내 생활 패턴이 엉망이라서 아기가 생기지 않는 거라고 했어. 내가 일하는 걸 좋아해주지 않았어. 결국 직장을 관뒀어. 아기는 생기지 않았어. 내 문제가 아니었어. 내가 끼니를 제대로 챙겨주지 않아서 자기 몸이 엉망이 된 것 같다고 하더라. 그러다 이혼했지. 경력 구 년 차인데도 직장을 구할 수가 없었어. 갓 대학 졸업한 친구들 취직도 힘든데, 삼십대 여자를 누가 채용하겠어. 처지가 그러니까 엄마랑 같이 살기도 힘들어지더라. 자꾸 우셨거든. 집 나와서 옥탑방을 얻었어. 통장 잔고는 없지, 일은 안 구해지지, 머리카락이 빠지더라. 뭉텅뭉텅 빠지더니 눈썹까지 다 사라져버렸어. 어느 날 거울을 보다가 내가 아프다는 걸 알았어.

빨간 벽돌담을 따라 버스 정류장 앞 슈퍼까지 걸어갔다. 언니와 함께 하드를 깨물어 먹으며 개천 다리를 건넜다. 빨간색 벽돌담이, 슈퍼의 미닫이문이, 슈퍼 할머니가 사용하는 주판이, 아치형의 개천 다리가, 언니는 예쁘다고 했다.

아프다는 게 뭔지 아니. 정상이 아니라는 거야. 정상이 아니면 사람이 아프게 되는 거야. 정상이 되고 싶은 건 욕망이 아니라 균형감각이야. 인간은 항상 회복을 지향하도록 되어 있어. 정상일 때에는 자기가 정상인 데 둔감하지만, 비정상이 되고 나서는 정상이 무엇인지를 뼛속 깊이 생각하고 갈망하게 되는 법이야. 갈망이 신호를 보내는 게 아픔인 거야. 머리카락이 빠지지 않았다면 나는 내가 비정상이라는 것도 알지 못한 채로 살았겠지. 가장 나쁜 건 아픈 사람은 자기 아픈 것에만 골몰한다는 거야. 비정상인 상태가 괴로운 건 자기만 아프다고 생각할 수밖에 없다는 것이고. 그래서 회복되고 싶었어. 아프지 않아야겠다고 다짐했어. 아프지 않으려면, 정상으로 돌아가야만 했어.

잡화점에서 언니는 속옷 두 세트를 골랐다. 한 세트는 나에게 주었다. 핑크색이었다. 싫어하는 색은 아니었지만, 좋아하는 색도 아니었다. 나는 그것들이 예쁘다고 생각하지 않았지만 그것들이 예쁘지 않아도 좋았다.

무작정 여기저기 전화를 걸었어. 일자리 좀 없냐고. 그러다 진표한테도 연락을 했지. 진표하고 나하고 고등학교 동창이야. 진표 와이프가 애 낳을 때 산부인과 소개해준 게 나야. 진표 이혼하고 애 아플 때 소아과 소개해준 것도 나고. 예전에 진표가 말했거든. 청년들이 자립할 수 있게 도와주고 있다고. 자기가 하는 일이 사회에 공헌하는 일이라고. 나는 도중에 그만두려고 하는 아이들을 상담하게 됐어. 일하기 시작하면서 다시 눈썹이 나고 머리카락이 나는 거야. 내 이야기를 듣고 마음을 바꿔주는 아이들이 있었어. 그 아이들은 그만두고 싶을 때마다 나를 찾아와서 내 이야기를 듣고 싶다고 했어. 내 이야기를 하고, 또 하고, 또 하는 동안, 오히려 내가 더 건강해졌어. 네 이야기를 들었어. 아카데미 학생들이 실습 오는 걸 거부하고 있다며. 너한테 가고 싶다고 내가 말했어. 도와주고 싶었어. 아프지 않게. 나도 다른 사람이 정상이 되는 데 도움이 되고 싶었어. 그냥 그러고 싶었어.

언니는 이어폰을 꺼내 한쪽은 자기 귀에 꽂고 한쪽은 내 귀에 꽂았다. 숙소에 들어가면 함께 영화를 보자고 했다. 언니를 숙소로 안내했다. 어느 방을 사용하면 되는지, 콘센트는 어디에 있는지, 온수는 어떻게 트는지, 문단속은 어떻게 하는지 알려줬다. 언니의 방에서 언니가 고른 영화를 함께 보았다. 언니는 중간에 잠이 들었다. 오늘 처음 만난 언니가 내 옆에서 자고 있었다. 잠든 언니의 얼굴을 들여다보았다.

오늘 아침 언니가 캐리어를 끌며 가게에 들어섰을 때, 나는 테이블 위에 거꾸로 올려두었던 의자들을 내리고 있었다.

일요일에는 열한시 되어야 오픈해요. 죄송합니다.

언니는 캐리어를 카운터 옆에 세워놓았다.

네가 기정이구나.

내 속을 꿰뚫어보기라도 하는 것처럼 언니는 내 눈을 똑바로 쳐다보았다.

누구세요?

언니는 가방을 열어 팸플릿 한 권을 꺼냈다. 팸플릿 표지에는 하얗고 빳빳한 셰프복을 입은 내 사진이 있었다. 수강생에게 식당을 열어준다는 셰프 양성 프로그램 광고를 보고, 나는 요리 아카데미에 입학했다. 이론도 실기도 현장에서 배우는 것으로 커리큘럼은 짜여 있었다. 수업을 들으러 식당으로 갔다. 불판을 닦고 물수건을 말았다. 그렇게 이 년간 무급으로 식당에서 근무하자 외식 창업 과정을 이수한 것으로 인정되었다. 주말과 연휴와 명절, 수업이 없는 날에도 나는 식당에서 일을 했고 수프 카페 '오디너리'의 1대 사장으로 발탁되었다. 충북 괴산의 칠성면에서 지역경제 활성화 프로그램으로 오디너리 수프 카페를 채택했고, 청년 셰프의 사회적 자립을 위해 면사무소 건물에 무상으로 공간을 마련해주었다. 아카데미에서 제공하는 숙소의 월세를 제하고, 식비 및 관리비를 제하고, 할당된 아카데미 기부금을 제하면 오십만 원 남짓한 월급을 받는 사장이었다. 그 팸플릿에는 사회적 기업인 요리 아카데미에서 오디너리의 2대 청년 사장을 찾고 있다고 적혀 있었다.

잇몸이 드러나도록 언니는 활짝 웃었다. 나는 한 발자국 뒤로 물러섰다. 수프 카페를 운영하면서 알게 된 것이 하나 있다면, 팸플릿을 들고 있는 사람과 활짝 웃는 사람을 조심해야 한다는 것이었다. 접시에 이가 나갔다며 불평하는 손님은 오히려 대하기가 간단했다. 불평을 해소하는 방법도 단순했다. 팸플릿을 들고 와서 저렴한 식자재 업체를 소개해주고 싶다던 택배 아저씨 같은 경우가 훨씬 위험했다. 언니가 손을 내밀었다.

윤선미야. 앞으로 잘 지내보자.

나는 화장실에 들어가 실장에게 전화를 걸었다. 동의도 없이 사람을 보내는 법이 어디 있느냐고 따졌다.

내가 말 안 했었나?

언니가 나를 잘 도와줄 거라고 실장은 말했다. 청년 셰프의 사회적 자립을 위한 프로그램이라고는 하지만 실장은 나의 자립을 신뢰하지 않았다. 음료 도매상에서 거래 정산표 원본을 받아 지출 내역을 체크했고, 카운터 뒤쪽에 CCTV를 설치해 실시간으로 지켜보았다. 나는 언니의 숙소만이라도 따로 구해달라고 부탁했다. 내가 사는 집이 오디너리의 숙소라는 냉정한 대답이 돌아왔다.

아침은 먹었니?

화장실에서 돌아온 내게 언니가 물었다. 아침은 원래 먹지 않는다고 말했지만 언니는 조리대에서 접시 두 개를 꺼내 계란프라이와 토스트를 각각 담았다. 같이 한입만 먹자며 내 손을 잡아끌었다. 브레이크 타임에 식탁에 엎드려 낮잠을 자고 있을 때에도, 당근을 썰고 있을 때에도, 설거지를 하고 있을 때에도, 언니는 내 주변을 맴돌았다. 얘기를 하고 싶다고 했다. 부모님에 대해 물었고 취미에 대해 물었고 남자친구는 있느냐고 물었다. 나는 대답을 하지 않았다. 그러자 언니는 혼잣말을 하기 시작했다.

영화의 엔딩 크레디트가 올라가고 있었다. 끝까지 보지 않는 것이 더 나았을 영화였다. 노트북을 끄고 슬그머니 일어났다. 언니가 내 팔을 잡았다.

여기서 자.

언니는 나를 눕히고 내 목까지 이불을 덮어주었다.

*

언니는 나 대신 식자재를 주문하기 시작했다. 손님의 주문을 대신 받고 계산을 대신 했다. 언니는 메뉴판을 재정비했다. 5번 메뉴였던 괴산인삼수프를 1번 메뉴로 바꾸었다. 1번 메뉴였던 완소완두수프를 4번 메뉴로 바꾸었다. 한식에 익숙한 주민들을 고려해 메뉴에 죽을 추가했고, 블로그 인증 이벤트를 시작했다. 조용했던 가게에 언니의 플레이리스트가 흘러나왔다. 언니는 오전 시간을 이용해서 '나를 구하는 독서'라는 독서 모임을 기획했다. 참가비 만원을 내면 '몸이 행복한 수프 한 그릇'을 제공하는 모임이었다. 독서 모임 안내문을 가게 유리문에 붙였다. 면사무소와 잡화점, 슈퍼 사람들에게 안내문과 함께 수프를 한 그릇씩 배달했다. 나를 돌보고 있다고, 앞으로 잘 부탁드린다고 언니는 그들에게 말했다.

나는 혼자 오는 손님들을 좋아했다. 그들은 골똘히 수프를 바라봤고 골똘히 수프를 먹었다. 한 숟가락을 입에 넣고서 허공을 응시했다. 오래도록 입을 우물거렸다. 입안에서 혼잣말을 웅얼거리는 것처럼 보였다. 가끔은 나도 수프 한 그릇을 떠서 각자 떨어져 앉은 손님들 사이에 앉고는 했다. 혼자라는 느낌도 함께라는 느낌도 들지 않아서 좋았다. 혼자서 식사하는 손님은 매출에 별 도움이 되지 못하고 테이블 회전에도 좋지 않다고 언니는 말했다. 일인용 탁자를 합쳐 사인용 식탁으로 만들고 세트 메뉴를 새로 개발했다. 모든 손님에게 언니는 말을 걸었다. 수프 맛이 어떠냐고 물었고, 나를 자랑했다. 나를 도우러 내려온 자신에 대해서도 덧붙였다.

언니는 종일 나를 따라다녔다. 다림질을 해주겠다거나 등을 밀어주고 싶다거나 빨랫감을 달라거나 하며 졸졸 따라다녔다. 문을 닫고 방안에 있어도 언니가 어디 있는지 알 수 있었다. 언니는 쿵쿵거리며 거실을 걸어다녔다. 탁 소리가 나도록 냉장고를 닫았다. 딱딱 소리를 내면서 식기를 식탁에 내려놓았다. 언니가 돌아다닐 때마다 집안의 공기가 휘청거렸다. 그 소리는 옆집에서 들려오던 소리와 비슷했다. 언니가 오기 전에 나는 잠이 오지 않을 때마다 벽에 몸을 바짝 붙이고 잤다. 옆집 사람들이 대화를 나누는 소리나 코 고는 소리가 벽을 통해 희미하게 들려왔다. 인기척을 듣다 보면 졸음이 쏟아졌다. 잠에 빠져들 때면 인기척이 더 크게 느껴져서 누군가가 내 방에 함께 있는 것 같았다. 누군가 가까이 있는 것 같지만 아무도 없다는 사실에 안도하며 잠들곤 했다.

내가 샤워하는 사이에 언니는 내 방에 들어와 청소기를 돌리고 걸레질을 했다. 침대 머리맡에 두었던 인형들을 책장으로 옮기고 머리맡에는 라벤더 향초를 놓았다. 내가 입을 잠옷을 침대 위에 올려두었다. 내 베개를 자신의 방에 갖다두었다. 언니가 내 공간을 마음대로 바꾸고 있었다. 내가 내 공간과 서먹해지기 시작했다. 약간의 불쾌감과 불안함이 스며드는 동시에 딱 그만큼 타인의 온기도 느껴지기 시작했다.

첫 독서 모임이 열렸다. 익숙한 얼굴들이 찾아왔다. 회색 정장만을 입던 괴산은혜교회 목사님이 셔츠 위에 버건디색 스웨터를 입고 나타났다. 낚시 점퍼만을 입던 고깃집 사장님은 모직 카디건을 걸치고 통기타를 들었다. 병설유치원 원장님은 화사한 꽃무늬 모자를 썼다. 괴산인삼수프에 가니시해둔 인삼 한 뿌리를 젓가락으로 집어먹으며 고깃집 사장님이 말했다.

마지막 장면이 인상적이었어요. 자신에게 사형을 언도한 함장에게 빌리 버드는 오히려 축복을 내려달라고 외치잖아요. 이 세계의 부조리 때문에 목숨을 잃으면서도 끝까지 의연하게 감내하는 태도에서 빌리 버드의 숭고함이 전해졌어요. 클래가트 같은 악인이 현대에도 도처에 존재하고 있다는 생각이 들어요. 선한 사람을 모함하고 궁지에 빠뜨리려는 악당들이 얼마나 많은가요. 인터넷 뉴스 댓글만 봐도 그렇잖아요. 그렇지만 소설과 달리 현대의 악인들은 아무런 대가도 치르지 않죠. 빌리 버드가 행한 선한 폭력이 필요한 시대예요.

인삼의 잔뿌리가 자꾸 사장님 입 밖으로 튀어나왔다. 나는 내 접시의 인삼을 그릇 밖으로 꺼내놓으며 말했다.

선한 폭력이라는 건 누가 판단해요?

한순간 모두 조용해졌다. 사람들은 내 말을 못 들은 체했고, 언니는 무리하게 웃었다. 언니는 내가 사회성이 떨어져서 말을 어눌하게 한다고 말했다. 내가 말을 할 때마다 언니는 내 말을 정정했다. 독서 모임에서 말을 많이 해달라고 내게 당부했지만, 언니는 내가 말하는 것을 달가워하지 않았다. 독서 모임 멤버들은 수프카페를 나가면서 내 등을 다독였다.

학생이 대견하네.

사람들은 언니를 사장님이라고 불렀고, 나를 대견한 학생이라며 칭찬했다. 그들은 그들이 믿는 나를 얼마든지 대견해할 수 있었다. 직접 구웠다는 쿠키나 꼭 읽어봐야 한다는 고전을 선물받는 것은 좋았으나, 그들이 좋아하는 내가 내 선물을 가로채는 느낌이 들었다.

원래는 병원에서 일했어요. 밤에 일했다가 아침에 일했다가 오후에 일했다가 그랬어요. 집에 돌아오면 피곤해서 우선 자야 했어요. 몸이 엉망이었어요. 아기도 안 생겼고. 정상적인 가정생활이 안 되더라고요. 저도 다른 엄마들처럼 살고 싶었어요. 그런데 남편이 제가 일을 그만두는 걸 반대했어요.

언니는 같은 이야기를 반복했고, 그때마다 이야기가 조금씩 바뀌었다.

언니가 일하는 걸 남편이 싫어했다고 하지 않았어?

무슨 소리야. 그만두는 걸 싫어했지.

내가 자신을 이상한 사람으로 만들려 한다고 언니는 말했다. 손님들과 언니가 잘 지내는 것을 내가 질투한다고 했다. 내가 사회성이 떨어진다는 말은 사회성이 전혀 없다는 말이 되었다. 사회성이 없다는 말은 인간관계에 문제가 있다는 말이 되어갔다. 그 말은 다시 내게 문제가 많다는 말로 바뀌어갔다. 내가 안짱걸음을 걷는 것, 등이 굽은 것, 발톱을 동그랗게 깎는 것, 머리를 감고서 드라이어로 말리지 않는 것, 아침을 거르는 것, 언니와 섹스하고 나서 옷을 입지 않고 잠드는 것. 단점이라는 것을 알고 있으면서도 고치지 못했던 것들과 단점이라는 것조차 몰랐던 것들을 언니는 귀신같이 찾아냈다. 내 발톱을 일자로 깎아주고 머리를 말려주고 집에서도 브래지어를 입게 하고 아침을 차려주었다. 언니는 내가 가정교육이 되어 있지 않다고 했고, 학교에서도 제대로 된 교육을 받지 못한 것 같다고 했다. 자신이 모든 것을 처음부터 가르

쳐주고 돌보아주겠다고 했다. 나는 빨래를 개면서 소매부터 접는 것이 맞는지 확인을 받았다. 욕실 수납장에 수건을 넣고서 맞게 넣었는지 확인을 받았다.

내가 도와주니까 좋지?

수건의 접힌 면이 바깥쪽을 향하게 돌려 넣으며 언니가 나를 빤히 보았다.

*

죽을 저으며 언니는 콧노래를 흥얼거렸다. 냄비 가득 녹두죽을 끓였다. 한입씩 죽을 떠서 호호 불어 먹여주었다. 나는 B형 인플루엔자 판정을 받았다. 입원할 필요까지는 없지만 한동안 격리되어 있어야 한다고 했다. 아픈 사람을 혼자 둘 수는 없다고 언니는 말했다.

아프면 멀게 느껴졌다. 천장이 너무 높아 보였다. 방문이 너무 멀어 보였다. 물에 잠긴 것처럼 눈을 뜨고 있어도 초점이 흩어졌다. 소리들이 웅얼거렸다. 자세를 바꾸려면 공기를 밀어내는 느낌으로 몸을 움직여야 했다. 숨을 참고 있는 것처럼 가슴이 답답했다. 내가 지금 여기에 이렇게 있다는 걸 잊어버릴 수가 없었다. 아프다는 것은 나 자신이 나 자신을 지나치게 주장하는 것을 듣고 있어야만 하는 느낌이었다.

언니가 내 파자마 속으로 손을 넣었다. 겨드랑이에 체온계를 꽂았다. 언니는 세 시간에 한 번씩 체온을 쟀다. 기침 때문에 입이 말랐다. 언니는 차가운 물을 떠서 먹여주고 얼음주머니를 만들어 이마에 얹어주었다. 열이 오르면 옷을 벗겼다. 미지근한 물에 수건을 적셔 내 몸을 닦았다. 겨드랑이와 오금과 사타구니같이 살이 접히는 부분을 더욱 꼼꼼하게 닦았다.

그 사람을 병원에서 만났어. 약을 먹고 자살 시도를 해서 실려 왔는데 보호자가 없었어. 병문안 오는 사람도 없었어. 간호를 해주다가 결혼까지 하게 됐는데. 그때 생각이 나네.

수건을 세숫대야에 다시 담그며 언니가 말했다. 몸이 젖어서 몸이 바들바들 떨려왔다.

추워.

언니가 나를 끌어안았다. 내 몸의 물기 때문에 언니가 입은 티셔츠도 함께 젖었다.

삼 일을 앓고 나자 열기가 사라졌다. 다 나은 것 같다고 말했지만 언니는 아니라고 했다.

이렇게 빨리 나을 리가 없어.

합병증이 생길지도 모른다고 했다. 다른 병원에서 다시 검사를 받았다.

아직 아프다지?

진료실에서 나오는 나를 붙잡고 언니가 물었다.

다 나았대. 폐도 기관지도 깨끗하대.

언니의 표정이 어두워졌다. 그날 저녁에도 언니는 녹두죽을 끓였다.

이제 죽 안 먹어도 되는데.

착하지, 아 해.

언니는 내가 더 오래 아프기를 바랐다.

언니와 저수지까지 걸어가 칼국수를 먹기로 했다. 버스 정류장을 지나 비포장도로로 빠지니 가로등이 없어 순식간에 캄캄해졌다. 발소리는 점점 커졌고 마을에서 들려오는 소리는 점점 작아졌다. 언니가 손전등으로 앞을 비춰가며 걸었다. 손전등이 비추는 곳만 겨우 보일 정도로 사위가 어두웠다. 언니가 이어폰을 꺼내 내 귀에 한쪽을 꽂아주었다. 좋아하는 음악이 아니어도 덜 무서워졌다.

음악이 끊어지고 벨소리가 울렸다. 언니는 주머니에서 핸드폰을 꺼냈다. 실장이었다. 언니는 내 귀에 꽂혀 있던 이어폰을 빼 자신의 귀에 꽂았다. 전화를 받았다.

다음 실습이 언제였지? 조금만 더 기다려줘. 걱정 마, 내가 잘할게.

실장에게 사랑한다고 말하며 언니는 전화를 끊었다.

칼국수는 맛이 없었다. 해산물에서 희미하게 냉동고 냄새가 났다. 언니는 칼국수가 맛있다고 했다. 나는 칼국숫집에서 내려다보이는 저수지가 좋다고 말했다.

아무것도 안 보이는데.

캄캄한 저수지를 바라보며 언니가 말했다.

그게 좋은 건데.

캄캄한 저수지를 바라보며 내가 답했다. 언니는 피식 웃었다.

*

로비에는 아카데미 수강생들이 코엑스에서 열린 요리대회를 석권했다는 현수막이 걸려 있었다. 나도 저 대회에서 금상을 받았었다. 대회는 아카데미에서 주최했고, 심사위원은 아카데미 교수님이었다. 한 시간이나 지난 뒤에야 실장은 로비로 내려왔다. 처리할 일이 있었다고 했다. 실장은 냉면이 먹고 싶다고 했다.

냉면 육수에 살얼음이 둥둥 떠 있었다. 나는 젓가락으로 면만 건져 먹었다. 실장은 국물만 들이켰다. 전날 술을 많이 마셔 차가운 육수로 해장을 하고 싶었다고 실장이 말했다. 실장은 평소와 똑같아 보였다. 실장은 늘 숙취에 시달리는 것 같은 모습이었다. 눈꺼풀은 반쯤 감겨 있었고, 입꼬리는 아래로 늘어져 있었다. 농담을 할 때도, 웃을 때도, 화를 낼 때도 표정이 비슷했다.

실장은 이 냉면집을 내 나이 때부터 다녔다고 했다. 그때도 실장은 숙취에 시달리는 사람처럼 보였을까.

언니가 실장님하고 냉면을 먹은 적이 있다고 했어요.

그런가.

젓가락으로 무생채를 휘적거리며 실장이 고개를 갸웃거렸다.

기억이 안 나네.

실장과 냉면을 먹은 그날이 자기에게는 이상하고 특별했다고 언니는 말했었다. 냉면을 먹은 것이 뭐가 이상하고 특별하냐고 나는 언니에게 되물었다.

냉면을 먹자고 진표가 나를 찾아왔잖아.

실장은 오늘 또한 기억하지 못할 것이다.

할 얘기라는 건 뭐야.

자세를 고쳐 앉으며 실장이 물었다.

그냥 실장님을 찾아와보고 싶었어요.

실장은 가방을 챙겼다.

다음주에 팸플릿 인터뷰 잡았다. 대본은 내가 준비해뒀으니까 너는 하던 대로 간단하게 사진만 찍으면 돼.

제가 말하고 싶어요.

나는 젓가락을 내려놓았다. 실장은 가방을 집으며 반쯤 감긴 눈으로 말했다.

무슨 소리야, 다 써놨는데. 그거 쓰는 데 시간이 얼마나 걸렸는지 알아? 너 이러는 거 노동력 착취다.

실장은 가방을 들고 밖으로 나갔다. 나는 천천히 자리에서 일어났다. 밖으로 나왔다. 실장이 통화를 하고 있었다. 사랑한다는 말을 하고서 실장은 전화를 끊었다. 냉면을 먹고 싶다고 말할 때와 똑같은 말투였다.

*

양파 껍질을 벗겼다. 양파 세 개를 도마 위에 올리고 칼을 들었다. 양파는 조각나며 매운 기운을 뿜어냈다. 약한 불로 양파를 볶았다.

어디서부터 얘기를 해야 할까. 언니는 회복되고 싶었댔지. 나는 나를 거부해왔어. 나를 위장해왔어. 원하지 않는 겉모습을 만들고 원하지 않는 취향을 만들었어. 아니, 위장하는 것만으로는 부족했어. 스스로를 완전히 세뇌시켜야 했고 스스로에게 완전하게 세뇌당해야 했어. 매 순간 깨어 있어야 했다는 말이야. 음식을 먹을 때나 머리카락을 넘길 때나 다른 사람을 바라볼 때, 나는 내가 되어서는 안 된다는 걸 인식하고 있었어. 나는 내가 아니라는 걸 굳게 믿어야 했어. 다른 사람에게 거부당하지 않기 위해서.

하얀 양파가 점점 투명해졌다. 주물 팬에 나무 주걱이 닿는 소리가 좋았다. 양파는 형체가 허물어지고 물러져 즙이 새어나오더니 서로 엉겨붙어 캐러멜색으로 변해갔다.

언니는 정상이 되고 싶댔지. 나도 언니가 생각하는 정상이 되고 싶어한 적이 있다는 걸 언제고 언니에게 꼭 말하고 싶었어. 정상이라는 것은 계급이고 권력이라고 생각해. 정상이라 여겨지는 그 영역 안에 종속되어야 안심이 되니까. 나는 비정상이어서 아픈 게 아니라 나를 거부하면서까지 정상이 되려고 애를 썼기 때문에 아팠어. 아카데미에 다닐 때까지 줄곧 그랬어. 오디너리에 오면서부터 겨우 나는 정상이 되고 싶은 욕망에서 벗어날 수 있었어. 혼자였기 때문이라고 생각해. 언니가 오고부터 나는 언니의 눈에 비친 내가 비정상이라는 것 때문에 다시 불편하고 아프기 시작했어. 예전엔 정상적인 사람이 되려고 지나치게 긴장하며 살아서 아팠다면, 지금 나는 정상이라는 것이 실재하지 않는다는 걸 언니에게 말하고 싶은데 그래도 되는지 판단할 수 없어서 아파. 언니가 되고 싶어하는 걸 내가 방해하면 안 된다고 생각하나봐.

흐물흐물하고 물컹물컹해진 양파를 집어 맛을 보았다. 달콤했다. 볶은 양파에 육수를 붓고, 코냑을 붓고, 밀가루를 넣고, 다시 끓였다. 언니가 가장 좋아하는 그릇을 꺼내 수프를 담았다. 수프 위에 그뤼에르 치즈를 갈아 올린 후, 오븐에 넣었다. 양파 수프가

구워지는 동안 식탁에 앉아 사직서를 썼다. 오븐에서 알림음이 들려왔다. 그릇을 꺼내 식탁에 올려놓고 숟가락을 옆에 두었다. 언니의 방문을 열었다. 언니는 입을 조금 벌린 채 잠들어 있었다. 언니는 잠든 채 웃고 있었다.

내가 정상이 아니라고 생각하면서도 나를 거부하지 않은 건 언니밖에 없었어. 언니가 정상이라는 착각을 유지하기 위해서 내가 필요할 거라는 걸 알아. 나의 정상으로 보이지 않는 면들이 정상적이고 싶어하는 언니의 욕망을 채워준다는 것도 알아. 언니의 다정함이 선의라는 건 물론 잘 알아. 하지만 고맙지는 않아. 너무나 오래 위장해왔기 때문에 무엇을 위장했는지조차 알 수 없게 되어가는 것을 정상이라고 말하면서, 다 함께 공평하게 곪아가고 있었으니까. 나는 언니에게 이 말을 왜 하는 걸까. 이 말을 하는 것이 나의 선의라는 걸 언니는 이해해줄까.

나는 숙소를 나왔다. 벽돌담을 따라 면사무소로 걸었다. 어두운 면사무소에 수프 카페의 냉장고 불빛만 환했다. 처음 왔을 때, 여기는 원래 언젠가 사용할지도 모를 집기들이 쌓여 있는 창고였다. 고장난 프린터와 구식이 된 컴퓨터. 접이의자들과 책상들. 그것들을 내다버리는 것으로 공사는 시작되었다. 외벽을 헐어 유리창을 만들었다. 수도관과 가스관이 들어오고 싱크대가 설치되었다. 파란색 페인트가 칠해졌고 주방 벽에 타일이 발렸다. 간판이 달렸고 조명이 설치되었다. 그 모든 것을 실장이 결정했다. 나는 폐자재가 쌓여 있는 곳에 쪼그려앉아 타일 조각들을 골라냈다. 깨끗하게 부서진 조각들을 말끔하게 닦아 진열대의 가장 좋은 자리에 올려놓았다.

언니는 쉽게 깨어나지 않을 것이다. 언니가 웃는 동안 수프 그릇은 서서히 차가워질 것이다. 수프도 조금씩 식어갈 것이다. 치즈가 굳어가고, 수프의 층이 분리되고, 향이 사라질 것이다. 언니는 눈을 뜰 것이다. 식탁에 앉을 것이다. 수프를 한 숟가락 뜨고, 입을 벌리고, 수프를 먹을 것이다. 언니는 콧노래를 흥얼거릴 것이다. 언니는 아프지 않을 것이고, 언니는 오래도록 아플 것이다. 면사무소를 지나 버스 정류장을 향해 걸었다. 가로등은 꺼져 있었다. 해는 떠오르지 않았다. 캄캄했다. 내 발자국이 먼 곳까지 걸어가는 소리가 들렸다. 그게 좋았다.

신체 적출물

언니는 은하의 침대에 걸터앉았다. 따뜻한 물에 적신 수건으로 은하의 얼굴을 닦아주었다. 좋은 꿈을 꾸었느냐고 언니는 물었다. 은하는 협탁으로 손을 뻗었다. 협탁을 더듬거렸다.

"어디 있지?"

"서랍에."

은하의 입가를 꼼꼼하게 닦으며 언니가 답했다. 은하는 협탁 서랍을 열었다. 유리병을 꺼냈다. 가슴 위에 유리병을 올려두고서 바라보았다.

"무서워."

은하의 손을 닦아주며 언니가 말했다.

언니가 무섭다고 하는 것들을 은하는 죄다 좋아했다. 반대로 말할 수도 있다. 은하가 좋다고 하는 것들을 언니는 죄다 무서워했다. 호러 영화를 보는 것을, 밤에 골목을 걸어 귀가하는 것을, 스노클링을 하며 끝없이 아득한 바닷속을 들여다보는 것을, 번지점프 같은 것을. 둘이 함께 다닐 때면 그들이 자매라는 사실을 아무도 눈치채지 못했다. 조목조목 뜯어보면 닮은 구석이 있기는 했다. 두툼한 귓불과 펑퍼짐한 무릎, 넓적한 발볼과 넓적한 손톱이 닮았다. 눈에 띄지 않는 것들만 닮았다. 키가 은하는 유난히 컸고 언니는 유난히 작았다. 눈이 언니는 유난히 컸고 은하는 유난히 작았다. 은하는 해골이 그려진 티셔츠나 징이 박힌 라이더재킷을 즐겨 입었고, 언니는 시폰 블라우스나 파스텔톤 트렌치코트를 즐겨 입었다. 그들도 그들이 자매라는 사실이 가끔은 의아했다. 그럴 때마다 언니는 맏이들이 의존적으로 자라나는 사회적 원인과 막내들이 독립적으로 자라나는 사회적 원인에 대해 이야기했다. 은하는 고개를 끄덕여주었지만, 술자리에서 이야기하는 혈액형별 성격유형만큼이나 언니의 이야기가 뻔하다고 생각했다.

반쿰 폭포까지 스쿠터를 타고 신나게 달려보자고 은하가 제안했을 때에도 언니는 무섭다고 했다. 무서워하는 언니를 더 무섭게 만드는 것을 은하는 좋아했다. 함께 호러 영화를 보다가 왁, 하고 놀래주는 것, 함께 귀가하다가 슬쩍 차 뒤에 숨어 언니를 지켜보는 것, 스노클링을 하다가 상어가 지나간다고 외치는 것, 번지점프를 하러 가서 사고가 날 위험성에 대해서 겁을 주는 것. 무서워 하던 언니는 더 무서워진 후에야 웃음을 터뜨렸다. 은하는 액셀을 당겼고 언니는 은하를 꽉 끌어안았다. 은하는 웃으며 더 액셀을 당겼고 언니는 더 꽉 은하를 끌어안았다. 노면에서 바퀴가 미끄러졌다. 스쿠터가 미끄러지듯 넘어졌다. 은하의 발이 따끈따끈해졌다. 언니는 도로변 수풀에 처박혔다.

"무섭다니?"

언니는 대답 없이 손에 남은 로션을 손등에 비볐다. 은하는 다시 유리병을 보았다.

오전에는 드레싱이 예약되어 있었다. 은하는 침대에서 휠체어로 옮겨 앉았다. 드레싱실 앞에서 언니는 간호사에게 휠체어의 손잡이를 넘겨주었다. 은하는 손을 뻗어 언니의 팔을 잡아끌었다.

"무서워."

은하와 언니는 동시에 같은 말을 했다. 은하의 손에서 언니는 팔을 빼냈다.

붕대가 한 꺼풀씩 풀리자 발등이 드러났다. 그리고 발가락이 드러났다. 멀쩡한 것은 엄지발가락뿐이었다. 둘째 발가락은 마디 부분이 잘린 채 살갗으로 덮여 실로 꿰매져 있었다. 셋째 발가락은 사라져 있었다. 발가락이 시작되어야 할 곳에 지네가 얹힌 것처럼 실이 꿰매져 있었다. 넷째 발가락과 새끼발가락은 방향이 뒤틀려 발톱이 안쪽으로 돌아가 있었다. 발끝마다 체리 꼭지 같은 핀이 튀어나와 있었다. 실밥들이 살구씨에 달라붙은 개미떼처럼 새까맸다.

"아파요?"

간호사는 물었다.

새 붕대를 감고 드레싱실에서 나왔을 때, 언니는 드레싱실 문 앞을 서성이고 있었다. 언니의 눈이 새빨갰다. 은하의 눈과 똑같이 퉁퉁 부어 있었다.

*

새벽은 오토바이 소리로 시작됐다. 은지는 바깥을 내려다보았다. 팔차선 대로에서 오토바이 몇 대가 달려가고 있었다. 이 시간부터 밤이 깊어질 때까지 이 소리에 휩싸여 지내야 한다. 믹서의 칼날처럼 빠르게 회전하며 무엇이든 뭉개버릴 듯 오토바이가 질주했다. 수천 대의 믹서가 오늘도 도로를 가로지를 것이다. 하얗고 보송보송한 이불을 덮고 동생은 잠들어 있었다. 동생의 일정한 숨소리와 요란스러운 오토바이 소리를 동시에 듣고 있었다.

은지는 병실을 나왔다. 원무과가 열리기를 기다렸다. 창문 블라인드가 올라갔고, 문이 열렸다. 보험 처리를 위한 서류는 준비되지 않았다. 퇴원하기 전에는 꼭 준비해주겠다고 깐짜나는 잘라 말했다. 준비를 서둘러달라고 은지는 다시 부탁했다. 혹시 모를 일이 더는 발생해서는 안 되었다. 깐짜나는 은지의 방문을 귀찮아하는 기색이 역력했다.

동생은 어제 저녁식사를 하지 못했다. 아무것도 삼키지 못하겠다고 했다. 잘 먹어야 뼈가 붙는다고 의사는 말했다. 아침식사 시간에 맞춰 카트가 도착했고, 은지는 침대에서 접이식탁을 꺼냈다. 위생모를 쓴 급식원에게 식판을 받았다. 식어가는 음식을 지켜보다 동생을 깨웠다. 동생은 유리병을 꺼내 식탁 위에 올려두었다. 유리병을 바라보면서 동생은 포크를 들었다. 뜨겁게 끓인 복숭아 요구르트에 버무려진 마카로니를 뒤적이다 포크에 묻은 요구르트만 몇 번 빨아먹었다. 복숭아 요구르트에서 고수맛이 난다고 했다.

동생을 드레싱실에 들여보낸 후에 은지는 다시 원무과를 찾아갔다. 와이파이 사용권을 구입했고, 보험 관련 서류가 준비되었는지 확인했고, 병원 근처에 대형 슈퍼마켓이 있는지 물어보았다. 깐짜나는 서랍에서 지도를 꺼내 빨간 볼펜으로 동그라미를 그렸다. 동그라미 밑에다 '테스코'라고 적었다.

지도를 주머니에 넣고 은지는 드레싱실 근처를 서성였다. 열려 있는 문 안에서 수십 명의 신음이 들려왔다. 아파요? 수십 명의 간호사가 똑같이 묻는 소리도 들려왔다. 동생의 발 위로 엎어져 있던 오토바이를 들어냈을 때, 동생의 발가락 하나는 끝이 두 갈래로 갈라져 벌겋게 흐물거렸다. 다른 발가락들은 으깨어져 곤죽이 되어 있었다. 어떤 발가락은 뼈가 튀어나왔고 어떤 발가락은 가느다란 힘줄에 붙어 덜렁거리고 있었다.

동생을 병실에 데려다주고 은지는 로비를 지나 바깥으로 나왔다. 팔차선 도로 앞에 섰다. 수백 대의 오토바이가 화살처럼 도로 위를 날아가고 있었다. 은지는 지도를 꺼내 손가락으로 동그라미를 짚었다. 멀리 테스코라고 적힌 거대한 건물이 보였다. 보행자 신호가 켜졌다. 유치원생처럼 은지는 손을 높이 들고 절뚝이며 걷기 시작했다. 화상 환자와 절단 환자들 사이에서 은지는 자신의 무릎을 봐달라고 말할 수가 없었다. 무릎을 다쳤다고 말할 겨를도 없었다. 적신호가 켜졌다. 중앙선에 서서 다음 신호를 기다렸다. 클랙슨을 울리며 오토바이들이 달려들었다. 믹서의 칼날들이 돌진해왔다. 은지의 앞뒤로 오토바이들이 쌩하니 지나쳐갔다. 은지의 옷자락이 펄럭였다. 오토바이들은 곡예를 하며 서로를 앞질러갔다. 모두 동생처럼 슬리퍼를 신은 채 질주하고 있었다.

'끔찍해.'

그들 모두의 오토바이가 넘어지고 그들 모두의 발이 동생의 발처럼 헤집어지는 장면이 눈앞에 펼쳐졌다. 은지는 눈을 끔뻑거렸다.

푸드코트에는 레스토랑이 일렬로 늘어서 있었다. 이탈리안 레스토랑에 들어서자 똠얌꿍 냄새가 났다. 차이니즈 레스토랑에 들어가도 똠얌꿍 냄새가 났다. 모든 레스토랑에서 파는 모든 음식에서 똠얌꿍 냄새가 퍼져나왔다. 똠얌꿍 냄새가 나지 않는 일식당을 찾아냈지만 채식주의자를 위한 우동 가게였다. 동생에게는 고기가 필요했다. 단백질을 먹어 회복을 도와야 했다. 우동집 주인은 다른 건물에 초밥집이 있다고 했다. 초밥이라면 괜찮을 것 같았다.

초밥집 주방장은 냉장고를 열었다. 행주에 싸인 커다란 덩어리를 꺼냈다. 행주를 한 꺼풀씩 벗겨내자 살덩이가 드러났다. 도마 위에 올려놓았다. 날카로운 칼날이 부드러운 살점 사이로 매끄럽게 미끄러졌다. 도마 위에 살점을 차례대로 발라두고서, 특별히 두껍게 썰어주었다며 주방장은 싱글벙글 웃었다.

쇼핑백을 들고서 병실에 도착했을 때, 동생은 고개를 쭉 빼고서 유리병을 보고 있었다. 밥을 먹을 때만큼은 유리병을 넣어두라고 말했지만 동생은 대답하지 않았다. 쇼핑백에서 초밥을 꺼냈다. 동생은 초밥 한 점을 입에 넣고 우물거렸다. 삼키지 않고 계속 우물거렸다. 두 점을 삼키더니 더는 넘어가지 않는다고 했다. 은지는 초밥에서 회를 떼어냈다. 밥이라도 먹어보라고 밥덩어리를 내밀었다. 동생은 밥 몇 덩어리를 애써 삼키며 밥에서도 회냄새가 난다고 했다.

은지는 보험회사에 전화를 걸었다. 오토바이 탑승으로 인한 사고는 보장이 안 될 수도 있다고 했다. 항공사에 전화를 걸었다. 웨이팅을 걸어놓았던 자리가 확약된 것을 확인하고 휠체어 서비스를 신청했다. 한국의 수지접합 전문병원에 전화를 걸었다. 예약

날짜를 앞당겨달라고 사정을 했다. 신용카드 회사에 전화를 걸었다. 한도를 올릴 수 있는지 문의했다. 국제전화 요금이 백만원을 넘어섰다는 문자가 왔다.

*

누군가 발톱을 일으켜세워 뒤집어버리는 듯했다. 언니는 소파에서 잠들어 있었다. 물병과 진통제를 집었다. 타이레놀 네 알을 꿀꺽꿀꺽 삼켰다. 은하는 세 시간마다 타이레놀을 먹어야 했다. 하루에 타이레놀 서른두 알을 삼켰다. 태국에 무통 주사는 없다고 간호사는 잘라 말했다. 알약을 삼키면서 물을 두 컵씩 마시고 나면 그것만으로도 이미 배가 부른 듯했다. 속은 종일 메슥거렸다. 열이 올랐다가 내렸다. 앉으려 하면 온몸의 피가 발을 향해 곤두박질쳤다. 은하는 곧게 누운 채로 두 무릎을 접었다. 무릎 사이에 얼굴을 디밀고 자신의 발을 내려다봤다. 붕대에 감겨 있지만 발가락 사이로 약솜의 축축한 감촉이 느껴졌다. 사라진 발톱 밑으로 수십 개의 바늘이 깊숙이 들어오다가 순식간에 발톱을 들어올리는 것 같았다. 은하는 숨을 멈췄다. 통증은 선명한데 발가락은 없었다. 은하는 손을 뻗어 유리병을 찾았다. 언니는 또 유리병을 서랍에 넣어두었다. 휴지나 수건으로 감싼 다음에야 언니는 유리병을 만졌다. 벌레를 잡을 때 벌레가 손에 닿을까봐 두려워하듯이,

손끝으로만 유리병을 집어든 다음 서랍에 넣었다.

은하는 유리병을 두 손으로 감싸쥐었다. 유리병을 뚫어지게 바라봤다. 유리병 속에 들어 있는 것은 애매했다. 손가락처럼 중요한 것도, 머리카락처럼 중요하지 않은 것도 아니었다. 통증은 활짝 열리는 문처럼 찾아왔다가 벌컥 닫히는 문처럼 사라졌다. 그때의 기억도 마찬가지였다. 환지통이 찾아올 때마다 그게 제자리에 있지 않다는 걸 믿기 위해 유리병을 바라봐야 했다.

깨어났을 때, 은하는 어둑한 회복실에 누워 문이 열리길 기다렸다. 문이 열리고 하얀 빛이 쏟아지더니 간호사가 다가왔다. 손안에 쥐고 있던 것을 은하의 손에 건네주었다. 유리병 안에 은하의 발가락 하나가 둥둥 떠 있었다. 언니가 들어왔다. 기다란 지푸라기들이 언니의 머리카락에 붙어 있었다.

"잘랐대."

손안에 쥐고 있던 유리병을 은하는 언니에게 내밀었다. 진흙과 풀물, 핏방울로 얼룩진 언니의 하얀 티셔츠에는 '아이 러브 타일랜드'라고 적혀 있었다.

"이걸 왜 돌려주는 건가요."

태국인 간호사에게 언니는 물어보았다. 침대를 밀다 말고 태국인 간호사는 합장을 했다.

"신이 당신에게 준 몸이니까요. 여기서는 신체 적출물을 환자에게 돌려드립니다."

재활치료사들이 목발을 골라주었다. 은하는 목발을 겨드랑이에 끼고서 한 발 한 발 걸어보았다. 겨드랑이에 힘을 주면 금세 겨드랑이가 아팠고 팔목에 힘을 주면 금세 팔목이 아팠다. 뼈가 붙는 것만큼이나 근육이 굳지 않는 것이 중요하다고 재활치료사는 설명했다. 근육이 굳어버린다면 다리를 절 수도 있다는 경고를 덧붙였다.

*

은지는 약국에서 붕대를 구입했다. 목발 손잡이에 붕대를 친친 감아주었다. 그래도 동생은 손바닥이 아프다고 말했다. 은지는 배낭에서 생리대를 꺼냈다. 생리대 한 개씩을 목발 손잡이와 겨드랑이 거치대에 감은 후에 그 위를 붕대로 다시 덮었다. 동생은 박수를 쳤다. 공항 검색대에서 목발에 숨긴 것이 뭐냐고 물으면 어떻게 하느냐며 웃었다. 은지와 동생은 오랜만에 함께 키득거렸다.

병원 청소원이 병실을 청소하는 동안 은지는 동생과 복도 의자에 앉아 있었다. 동생은 목발을 겨드랑이에 끼고서 걷는 연습을 했다. 환지통이 찾아오는 횟수가 줄어들고 있다고 동생은 말했다. 청소원이 비누 조각을 들고 와서 버려도 되는지를 물었다. 동생과 은지는 동시에 고개를 저었다. 줄이 끊어진 머리끈을 들고 와서 버려도 되는지를 물었다. 동생과 은지는 동시에 고개를 끄덕였다. 동시에 고개를 젓고 동시에 고개를 끄덕였다. 청소원은 유리병을 들고 왔다. 은지는 고개를 끄덕였다. 동생은 고개를 저었다.

바깥은 내내 삼십 도를 웃돌았다. 유리병 속 발가락은 커져갔다. 돋보기로 보는 것처럼 점점 자세하게 보였다. 적출물 표피에서 자그마한 살점들이 떨어져나와 유리병 속을 부유했다.

*

언니 말마따나, 집에 가져가 기념품 조각상처럼 전시해둘 수는 없는 노릇이었다. 그래도 줄이 끊어진 머리끈을 버리듯 발가락을 쓰레기통에 버릴 수는 없었다. 은하는 언니의 눈앞에 유리병을 내밀었다. 언니는 고개를 돌렸다. 은하는 언니를 노려보았다. 언니도 은하를 노려보았다. 눈시울이 붉게 변해갔다. 텔레비전에서는 드론으로 줌인된 해안이 화면 가득 펼쳐졌다. 백사장에 노란 파라솔이 줄지어 있었고 바다에는 오색 카누들이 떠다녔다. 야자수의 정수리를 따라가던 렌즈는 밀림 속으로 깊숙이 들어갔다. 사마귀 한 마리가 달팽이를 잡아먹던 베짱이를 낚아챘다. 사마귀는 베짱이를 두 다리로 잡고서 꼬리부터 천천히 뜯어먹었다. 꼬리가 사라지고 몸통의 절반이 뜯기는 와중에도 베짱이는 달팽이를 먹는 데

열중했다. 고등한 생명체일수록 육체의 감각은 섬세해지며 사고 능력과 감수성에 기반한 정신적인 운동이 중요해진다고, 내레이션은 설명했다. 베짱이의 무신경은 하등한 생명체의 특징이라는 설명도 덧붙였다. 은하는 언니가 베짱이를 닮았다고 생각했다. 눈앞에 있는 사실에만 집중하는 면이 그랬다. 다큐멘터리가 끝나고 관광지 프로모션 광고가 지나가고 드라마가 끝날 때까지, 언니와 은하는 대치 상태에 놓인 복서처럼 간격을 유지했다.

*

진료를 받기 위해 병실을 나설 때마다 동생은 목발과 함께 유리병을 챙겼다. 동생은 언제 어디서든 휠체어에서 일어나 걷는 연습을 하고 싶어했고, 언제 어디서든 발가락을 보고 싶어했다. 지글거리던 아스팔트가 식어갔다. 은지는 벤치에서 일어났다. 들판과 도로의 경계를 따라 걸었다. 들개 무리가 들판을 어슬렁거렸다. 척추가 드러난 개들은 혀를 길게 빼물고 있다가 은지를 보고는 컹컹 짖었다. 한 발은 도로에, 한 발은 들판에 둔 채 은지는 고개를 숙이고 걸었다. 오토바이 소리가 들릴 때마다 뒤를 돌아보았다.

'무서워.'

무섭지만 해야만 하는 일이 있고, 무섭기 때문에 해서는 안 되는 일이 있다. 동생은 그걸 구분할 줄 몰랐다. 은지는 동생이 베짱이를 닮았다고 생각했다. 눈앞의 욕망에만 눈이 멀어 뒷일을 예측하지 못하는 면이 그랬다. 그런 동생이 은지는 무서웠다. 타인의 무서움을 헤아리지 않는다는 점이 더 무서웠다. 은지는 고개를 저으며 주먹을 꼭 쥐었다. 그날을 생각하면 유리병이 떠올랐고, 유리병을 보면 그날이 눈앞에 펼쳐졌다. 은지는 신발 가게에 들어갔다. 파스텔톤의 캔버스화와 빈티지 워싱 캔버스화를 번갈아 보았다. 새하얀 캔버스화를 골랐다.

*

유리병을 들자 동그란 테두리를 따라 물기가 맺혀 있었다. 보존액이 새고 있었다. 은하는 유리병을 한 손으로 받쳐들고 욕실에 들어갔다. 유리병 뚜껑을 열었다. 발가락 껍질이 너덜너덜했다. 피부는 핏기 없이 창백하고 거무튀튀했다. 절단된 부위는 순대 속 당면처럼 혈관이 너절너절 튀어나와 있었다. 은하는 양치컵에다 발가락을 옮겨 담았다. 수돗물을 보탰다. 회전하는 물 속에서 발가락이 움직였다. 그렇게라도 움직이는 발가락이 반갑게 느껴졌다.

*

은지는 욕조에 물을 받았다. 샤워 젤을 물에 풀어 거품을 냈다. 욕실에 의자를 가져와 동생을 앉혔다. 동생을 욕조 속으로 끌어내려 서서히 눕혔다. 은지는 동생의 머리를 감겨주고, 몸 구석구석을 씻겨주었다. 동생의 몸에서 시커먼 땟물이 줄줄 흘러내렸다. 칫솔에 치약을 짜서 동생의 손에 쥐여주었다. 세면대 물을 튼 다음 양치 컵을 들다가 은지는 비명을 질렀다. 자기도 모르게 컵을 내던졌다. 컵은 바닥으로 떨어졌다. 발가락이 바닥을 데굴데굴 굴렀다. 동생은 팔을 뻗어 발가락을 집기 위해 안간힘을 썼다.

은지는 동생의 몸에 묻은 물기를 닦아주고 드라이어로 머리카락을 말려주었다. 동생은 입을 굳게 다물고 있었다. 운동화를 꺼내 동생의 다치지 않은 발에 신겨주었다. 냉장고에서 요구르트 두 병을 꺼내 한 개는 동생 앞에 놓아주고 나머지 한 개는 자신이 먹었다. 동생은 세면대에 요구르트를 쏟았다. 요구르트 병을 물로 헹궜다. 요구르트가 담겨 있던 유리병에 발가락을 옮겨 담았다. 주둥이에는 비닐봉지를 팽팽하게 씌우고 벗겨지지 않도록 고무줄로 묶어 놓았다. 요구르트 병에는 'SWEET PU! PU!'라고 적혀 있었다. 글씨 아래에는 레서판다가 요구르트를 먹는 그림이 양각으로 새겨져 있었다. 윙크를 하는 레서판다 뒤로 발가락이 떠 있었다.

은지는 핸드폰을 켜고 계산기를 열었다. 현재까지의 병원비와 항공료, 앞으로의 재활치료비를 계산하고 또 계산했다. 한국에 돌아가면 자동차를 처분하기로 결정을 내린 상태였다. 대중교통을 이용해서 회사에 가려면 버스를 탄 후에 지하철을 두 번 갈아타야 했다. 한 시간 정도 일찍 일어나고 한 시간 정도 늦게 잠들면 될 것이다. 어차피 운전할 수 없을 것이다. 액셀을 밟을 때마다 몸이 수풀에 우지끈 처박히던 장면이 펼쳐질 테니까. 은지는 동생을 지키고 싶어했고, 동생은 유리병을 지키고 싶어했다.

*

언니는 버릴 것의 목록을 작성했다. 배낭 속 물건을 연습장에 모두 적고 하나씩 체크했다. 버릴 것은 소파 앞에 쌓아두고 챙길 것은 배낭 앞에 정렬했다. 배낭도 짊어지고 휠체어도 밀려면 짐을 하나의 배낭으로 줄여야 했다. 배낭 앞에 정렬되어가는 물건을 보다가 은하는 그 대열에다 유리병을 놓을지 고민했다.

여권은 배낭 바로 앞에 놓여 있었다. 그 앞에는 속옷 한 벌씩과 양말 한 세트가 지퍼백 안에 가지런했다. 충전기들은 고무줄로 단단하게 묶여 있었다. 태국 여행 회화 포켓북은 '응급' 부분만 잘라 클립을 끼워놓았다.

"어떻게 할 거니."

유리병을 가리키며 언니가 물었다. 은하는 유리병을 꽉 움켜쥐었다.

"내 신체야."

"아니. 그건 신체 적출물이야."

"언니는 이게 회 한 점처럼 그냥 살덩이로 보여?"

"네 눈에는 살덩이가 아닌 걸로 보여?"

언니는 쪼그려앉아 다시 짐을 정리했다. 쓸모라는 말 따위로는 설명될 수 없는 것이 존재한다는 걸 지금 언니는 이해하려 하지 않았다.

"기념품이라고 생각해주라."

타이레놀 뭉치를 배낭에 넣다 말고 언니가 은하를 쳐다봤다.

"전리품으로 가져가려는 거잖아."

여러 개의 창이 성게의 가시처럼 꽂힌 소를 은하는 생각했다. 투우사는 긴 칼을 뽑아 소의 미간을 단숨에 찔렀다. 소가 쓰러지자 귀와 꼬리를 잘랐다. 전리품으로 가져가기 위해서였다. 낫으로 썰어낸 적군의 머리를 전리품으로 들고서 자랑스러워했던 흑백사진 속 사람들에 대해 은하는 생각했다. 끔찍하게 잘린 머리와 더 끔찍했던 해맑은 미소에 대해 생각했다. 은하는 고개를 저었다.

"가져갈 거야."

"가져가서 어떻게 하려고."

가져가서 어떻게 해야 할지 은하는 몰랐다. 발가락이 사라진 자기 자신도 이제 어떻게 해야 할지 알 수 없었다.

“가져갈래.”

*

병원비를 결제하면 서류를 건네주겠다고 깐짜나는 말했다. 은지는 신용카드를 내밀었다. 한도 초과 메시지가 떴다. 다른 카드를 내밀었다. 다시 한도 초과 메시지가 떴다. 은지는 카드 회사에 전화를 걸었다. 한도를 최대로 늘렸다. 걱정스러운 눈빛으로 서 있던 깐짜나가 그제야 웃음을 보였다. 동생의 입원기록과 보험 관련 서류를 클리어 파일에 담아주었다. 은지도 웃었다. 깐짜나가 은지에게 합장을 했다. 은지도 합장을 했다.

“컵쿤카.”

이 병원에서 지내는 동안 은지가 가장 많이 한 말이었다. 은지는 병실로 돌아갔다. 배낭을 멨다. 동생의 휠체어를 밀어주었다. 병실에서 막 빠져나왔을 때, 동생이 뒤를 돌아보았다. 은지는 침대에 기대어져 있던 목발을 동생에게 건네주었다. 동생은 두 손으로 목발을 끌어안았다. 깐짜나와 간호사들이 로비에서 기다리고 있었다.

택시가 고가도로로 올라가자 인가가 사라지고 뻥 뚫린 도로가 펼쳐졌다. 도시 외곽에 이르자 리조트 광고 안내판만이 드문드문 지나갔다. 동생은 자기 주머니를 더듬거렸다.

"발가락을 두고 왔어."

동생은 돌아가야 한다고 했다. 은지는 시계를 보았다. 비행기를 놓칠 것이 뻔했다. 비행기를 놓치게 되면 한국의 수지접합 전문의와 족부 클리닉 교수에게 예약해둔 진료도 물거품이 될 것이다. 진료 예약도 다시 해야 할 것이고 항공권도 다시 구입해야 할 것이다. 자리가 없다면 출국이 몇 주 뒤로 미뤄질지도 몰랐다.

*

"항공권이 백십사만원. 병실비랑 식대랑 치료비를 합치면 하루에 사십칠만원. 네가 발가락을 찾으러 가는 데 드는 기본 비용이야."

택시 미터기의 숫자가 빠르게 올라가는 것을 은하는 바라보고 있었다.

"백육십일만원이 아니야. 날린 항공권이 백십사만원. 새로 구입해야 하는 항공권이 백십사만원. 비행기가 바로 없다면 삼 일은 묵어야 할 거고. 항공권 예약하고 병원 예약하는 국제전화 요금이 적어도 이십만원. 우동값이랑 간식비 하루 일만원."

언니가 읊는 숫자들은 언니의 애원을 대신했다.

"와이파이 비용 하루 오천원. 왕복 택시비 사만원. 합계 삼백구십칠만 오천원. 하루에 사십팔만 오천원씩 추가될 거야. 너 사백만원 있어? 너는 그 발가락이 사백만원짜리라고 생각하니?"

언니가 되뇌던 무섭다는 말이 떠올랐다. 무서움도 욕망의 일종이었다. 손해 비용을 치르지 않으려는 욕망. 은하는 언니가 무서워하던 유리병 속 발가락을 생각했다. 그 유리병의 가격에 대해 처음으로 생각했다. 사용할 수 없는 신체에는 얼마의 가격을 책정해야 할까. 한 마디가 절단된 둘째 발가락의 가격과 멀쩡하게 붙어 있는 발가락의 가격을 예측해보았다. 유리병 안에 언니의 발가락이 있었더라면 언니는 되찾으러 갔을까. 아마 버리고 갔을 것이다. 유리병 안에 은하의 심장이 있었더라면 언니는 되찾으러 갔을까. 아마 그랬을 것이다. 유리병 안에 언니의 심장이 있었더라면 은하는 되찾으러 갔을까. 사백만원은 은하가 하루 여덟 시간 삼 개월 동안 아르바이트를 해야 얻을 수 있는 거금이었다. 은하가 한 번도 손에 쥐어본 적 없는 액수였다. 그래도 은하는 언니의 심장을 포기하지는 않았을 것이다. 유리병 안에 언니의 발가락이 있었더라면 은하는 어떻게 했을까. 금세 답이 나오지 않았다. 심장과 발가락은 어떻게 다른 걸까. 한국에 돌아가면 언니는 예쁘게 붙어 있는 발가락과 발톱을 손질하기 위해 종종 네일 아트 숍을 방문할 것이다. 한 달에 한 번씩, 사만원을 지불하고 발을 내밀 것이다. 은하가 발가락을 되찾는 비용은 앞으로 팔 년이 넘는 시간 동안 언니가 발톱을 손질하는 비용이었다. 각자의 애원은 각자의 것을 지키려는 욕망이었다. 애원도 욕망의 일종이었다. 애원은 각자의 내부에서만 공명할 것이다. 은하는 애원이 무서워졌다. 아니다. 유리병 속에 갇힌 애원이 무서워졌다. 애원의 고립이 가장 무서워졌다.

*

은지는 결국 택시를 돌렸다. 병실 청소는 이미 끝나 있었다. 은지는 청소원실을 찾아갔다. 수많은 병실에서 나온 쓰레기가 커다란 봉지에 모여 있었다. 은지는 쓰레기를 뒤적였다. 피와 고름이 묻어 있는 붕대와 화장실에서 사용한 휴지와 음식물 찌꺼기가 붙어 있는 일회용 접시 사이에서 은지는 유리병을 찾아냈다. 은지와 동생은 병원 근처에서 사 일을 더 머물렀다. 은지는 유리병을 서랍에 넣어두지 않았다. 동생은 음식을 잘 먹었다.

인천공항에 도착하자 은지는 배낭에서 후드 점퍼를 꺼내 동생에게 입혀주었다. 배낭을 투시기 벨트 위에 올려놓았다.

"가방 좀 열어주시죠."

보안검색요원이 유리병을 꺼내라고 명령했다. 붕대에 감겨 있는 발과 수건에 감겨 있는 유리병을 동생은 번갈아가며 가리켰다.

"제 발가락이에요."

"방부처리증명서를 제시해주세요."

방부처리는 되어 있지 않다고 동생은 답했다. 방부처리가 되어 있지 않은 신체 적출물을 소지한 채 입국하는 것은 검역법 위반이라고 보안검색요원은 말했다. 어떻게 해야 유리병을 돌려받을 수 있느냐고 동생은 물었다.

"감염성 폐기물로 등록되고, 전문업체에서 소각처리합니다."

보안검색요원이 포기각서를 내밀었다.

선사인 살레

스무번째 계단에서 멈추었다. 뒤를 돌아보았다. 카티가 계단 꼭대기에 앉아 울고 있었다. 한 칸을 더 내려가면 카티의 울음소리는 들리지 않을 것이다. 카티와 나는 스무 개의 계단을 사이에 두고 있었다. 나는 한 계단을 더 내려갔다. 카티는 울음을 멈추고 뒤돌았다. 긴 꼬리를 흔들며 사라졌다. 나도 계단을 계속 내려갔다.

매일 아침 이백 개의 계단을 내려갔다. 백이십번째 계단 옆에는 넓적한 바위가 있었다. 그 바위 옆에 서서 눈매를 찡그린 채 수평선을 바라보았다. 수평선 근처에서 반짝거리는 햇살은 가시권 너머의 밝기였다. 매일 바라보아도 눈이 시렸다. 롬섬의 아이들은 자전거를 타고 학교에 가고 있었다. 해안에는 히든 롬 빌라가 있었다. 나는 언덕의 가장 높은 곳에 있는 선샤인 샬레를 담당했다.

나는 이 객실을 찾는 스페셜 게스트를 위한 서버였다.

계단을 다 내려오면 우거진 수풀이 펼쳐졌다. 히든 롬 빌라 안에는 길이라고 할 만한 것이 없었다. 계절도 없어서 일 년 내내 나무와 꽃들이 제멋대로 우거졌다. 아무렇게나 뻗은 잎들이 하늘을 거의 다 가려서 허리를 약간 굽힌 채로 걸어야 했다. 바람이 불 때 나뭇잎 사이로 간간이 보이는 하늘은 유릿조각처럼 작았지만 그래서 눈부셨다. 사람들이 무슨 색 옷을 입든 나무 그림자 속에선 거무죽죽한 그림자로 보였다. 빌라를 가로질러 걸어가고 있으면 무릎까지 자라나 있는 식물 사이에서 동물들이 하나씩 튀어나왔다. 닭과 염소와 거위 들이 차례대로 나타나 졸졸 따라왔다. 빌라 안에 어떤 동물이 몇 마리나 살고 있는지는 나도 알지 못했다. 우리도 울타리도 없었다.

"풀어두면 도망가지 않나요?"

종종 물어보는 투숙객이 있었다. 처음 이곳에 왔을 때 나도 서버에게 똑같이 물어본 적이 있었다. 그때 들은 대답을 그대로 말했다.

"도망갈 곳이 없어요."

도망갈 곳이 없다는 걸 살아보고서야 실감했다. 갈 곳이 없어서 동물들은 자유로웠다.

분주했다. 조식이 준비되고 있었다. 서버들은 각각의 접시에 객실의 이름이 적힌 라벨을 붙였다. 티셔츠의 가슴주머니에도 객실의 이름이 이름표 대신 수놓아져 있었다. 주방장이 접시에 팬케이크를 놓으며 문라이트를 불렀다. 문라이트는 문라이트 접시를 들고 문라이트 샬레로 갔다.

체크인 서류에도 투숙객의 인적사항은 적지 않았다. 샬레 이름 옆에 여권번호만을 기입했다. 이름도 나이도 국적도 묻지 않는 것이 불문율인 이곳에서, 사람들은 아무도 모르게 조용히 지내고 싶어했고 대부분 조용히 지내다 떠났다.

히든 롬 빌라의 직원들도 모두 롬섬에 사는 이방인이었다. 나는 이방인으로서 이방인을 기다렸다. 이름 없는 사람이 되어 이름을 알 수 없는 사람을 기다렸다. 이름을 부를 일도, 이름이 불릴 일도 없어서 어떤 사람도 될 수 있었다.

부두 위로 쓸려온 모래알을 빗자루로 쓸었다. 아침마다 새로운 모래들이 쓸려와 수북하게 쌓여 있었다. 부두 끝까지 한 걸음 한 걸음 쓸어낸 후에, 빌라 쪽으로 다시 뒤를 돌아보았다. 허리를 펴면 빌라가 한눈에 올려다보였다. 선샤인 샬레가 언덕 위에 얹혀 있었다. 선샤인 샬레는 이 자리에서 가장 잘 보였다. 물풀이 바닷물 위까지 자라나서 검게 흐느적거리고 있었다. 바다는 시커멓게 보였다. 마을로부터 흘러온 생활 쓰레기도 부유하고 있었다. 아이보리색 래시가드를 입은 스태프들이 보트를 타고 망을 드리워 쓰레기를 건어냈다. 빌라 안에서는 서버들이 쪼그려앉아 들꽃을 따고 있었다. 새로운 들꽃을 곳곳에 꽂아둘 것이다. 주방에서는 스태프가 리넨으로 유리잔의 물기를 닦아내고 있었다. 오늘의 투숙객을 위해 나는 냉장고에서 망고를 꺼내 깎았다. 얼음과 함께 블렌더에 갈았다. 망고주스를 유리잔에 따랐다. 섬유유연제 냄새가 피어오르는 바구니에서 핸드 타월을 꺼내 돌돌 말았다. 냉동실에 차곡차곡 쌓아두었다. 꽁꽁 언 타월 한 장을 꺼내 목덜미를 닦았다. 트레이에는 두 장을 올렸다. 주스 두 잔을 담아서 부두로 돌아갔다. 입구에 핀 재스민 꽃 두 송이를 따 트레이에 담았다.

깨끗해진 바다의 표면이 휴양지다운 청명함을 드러내고 있었다. 부두에 앉아 저 멀리에서 힘차게 다가오는 보트를 주시하고 있었다. 선원으로부터 밧줄을 넘겨받아 부두의 기둥에 묶었다. 손님은 어린아이의 어깨를 한 손으로 끌어안고 서 있었다. 손님을 향해 손을 뻗었다. 손님의 호박색 눈동자에 햇빛이 통과했다. 망고주스와 핸드 타월을 건네며 손님들에게 눈인사를 했다. 호박색 눈동자는 핸드 타월을 받아들었고, 나는 호박색 눈동자의 캐리어를 향해 팔을 뻗었다.

"괜찮아요."

호박색 눈동자는 고개를 저었다.

"덥죠?"

나의 젖은 앞섶을 본 그는 내 빈손 위에 핸드 타월을 도로 올려놓았다. 호박색 눈동자에게서 돌려받은 핸드 타월로 나는 이마를 닦았다. 호박색 눈동자는 손수 캐리어를 끌고 걸어갔다. 몇 번이나 다가가 캐리어를 향해 손을 뻗었지만 호박색 눈동자는 매번 사양했다. 숲을 지나 계단을 오르기 시작했다. 호박색 눈동자는 성큼성큼 앞서 걸어갔고, 아이는 느리게 그 뒤를 따라갔다. 계단을 오르며 아이는 자주 멈추었다. 뒤를 돌아 바다를 바라보았다.

호박색 눈동자와 아이는 오전 내내 밖으로 나오지 않았다. 나는 샬레 문 앞에 앉아 있었다. 무릎 위로 올라온 카티를 쓰다듬었다. 내가 하는 일은 이 의자에 앉아서 손님의 부름을 기다리는 것이었다. 잠깐 조는 사이에 나를 부르는 소리를 들은 것 같아 대답을 해보았다. 손님들이 나누는 대화, 샤워를 하는 소리, 잠꼬대 소리 따위를 나는 나를 부르는 소리로 자주 착각했다. 다른 곳에 가서 쉬라고 부탁하는 손님도 있었다. 그럴 때마다 내 방으로 갔다. 부르는 소리를 듣기 위해 창문을 열어두었다. 하루에 한 번이나 이틀에 한 번 정도, 손님들은 나를 찾아 체크아웃 시간을 물어보거나 주스 한 잔을 주문하는 사소한 부탁을 했다. 사소한 부름을 하루 종일 기다렸다. 열린 창문 아래로 산양이 찾아와 한참 동안 나를 올려다보기도 했다. 곱슬곱슬한 털로 뒤덮인 입을 오물거리던 산양은 귀를 쫑긋거리더니 다른 데로 갔다. 손님의 부름을 기다리는 동안 사소한 것들이 이런 식으로 다가왔다. 아무것도 아닌 것들이 아무 까닭 없이 머물렀다. 다가왔던 것들이 다시 또 다가왔다가 지나가고, 다시 나는 기다리는 사람이 되었다. 아무것도 아닌 것을 기다렸다. 아무것도 아닌 시간이었기에 아무것도 아닌 것들과 마주칠 수 있었다.

카티가 자기 발바닥을 핥고 있었다. 아이가 밖으로 나와 카티 앞에 쪼그려앉았다. 내 무릎 위에 앉아 있는 카티를 골똘히 바라보았다. 카티가 무릎에서 내려가 아이와 나를 번갈아 보았다. 아이는 카티를 뒤따라갔다. 카티를 따라가는 아이를 나는 뒤따라 걸었다. 카티가 가는 대로 아이 뒤를 따라 걸었고, 카티가 멈추는 대로 아이 뒤에 멈췄다.

"비밀인데요."

아이가 까치발을 들고서 다가와 속삭였다. 들을 사람이 없는데도 아이는 주변을 두리번거렸다. 저금통의 배를 가르지 않고서 감쪽같이 동전을 꺼낼 수 있는 비법이라든가, 자물쇠로 잠겨 있는 엄마의 서랍을 몰래 열어 담배 냄새를 맡아보았다든가 하는 이야기들을 아이는 하나씩 하나씩 귓속말로 전해주었다. 목소리가 숨소리만큼이나 작아서 몇 번이고 다시 물어보아야 했다. 그럴 때마다 아이는 폴짝 뛰면서 내 입술에 검지를 갖다댔다. 비밀이랄 것도 없는 이야기인데도 비밀이라고 말했다. 나는 아이를 향해 허리를 숙여주었다. 나는 아이가 쓰는 비밀이라는 단어가 재미있었다. 비밀인데요, 할 때마다 아이의 입술은 조그마한 자물쇠가 열릴 때처럼 동그랗게 오므라졌다가 펴졌다. 쉬운 비밀을 말하는 아이와 함께 있는 동안, 바닥을 굴러다니는 담배꽁초나 돌멩이 따위가 모두 앙증맞은 비밀을 숨기고 있는 것 같았다. 카티가 지붕 위에 올라가 낮잠을 자기 시작하자, 아이도 하품을 하며 샬레로 돌아갔다.

아이가 잠이 들었을 즈음에는 호박색 눈동자가 객실 밖으로 나왔다. 호박색 눈동자는 비치 체어에 가만히 누워 있었다. 인중에 땀이 송글송글 맺혀 있었다. 녹아내리는 아이스크림처럼 의자에 누워 하늘을 쳐다보았다. 수영장 주변을 빙글빙글 돌아다니기도 했다. 아이와 함께 걷던 때와 달리 호박색 눈동자와 나 사이에 대화는 없었다. 호박색 눈동자는 말을 짧게 했다. '콜라요'라고 말하는 정도가 다였다. 콜라를 들고 오면 호박색 눈동자는 콜라를 따서 그것을 내게 돌려주었다. 무표정한 얼굴 때문에 고맙다는 말도 잇지 못하고 엉겁결에 나는 콜라를 받아 마셨다.

계단 아래 샬레들에 차례차례 불이 켜졌다. 나는 샬레를 한 바퀴 돌았다. 처마 등과 외벽 등을 켜기 시작했다. 밤이 되면 작은 소리도 계단을 타고 샬레까지 올라왔다. 검은 바다에서 올라오는 파도 소리가 더 잘 들렸다. 나는 의자에 앉아 객실 안의 소리에 더욱 귀를 기울였다. 실내에 불이 꺼지면 실외등을 차례차례 끄고서 방으로 돌아왔다. 유니폼을 벗고 샤워를 했다. 서랍을 열었다. 투숙객들이 두고 간 스킨과 로션을 꺼내 얼굴에 발랐다. 손님들은 한두 가지 물건을 흘린 채로 떠났다. 그 물건들로 내 방이 가득했다. 작은 물건들은 책상 서랍에 들어 있었고, 큰 물건들은 방 여기저기에 내 물건처럼 놓여 있었다. 돌고래가 그려진 튜브는 벽에 장식품처럼 걸려 있었고, 구형이 되어버린 몇 대의 노트북은 책꽂이 위에 올려져 있었고, 꽃무늬 원피스와 야자수가 그려진 셔츠들은 옷장에 들어 있었다. 책상 서랍에는 수첩과 엽서, 아동용 손목시계와 카메라 몇 대, 휴대용 스피커와 내용물이 조금밖에 남지 않은 화장품 용기가 칸칸이 가득했다. 손님들이 남기고 간 것들을 나는 선물처럼 간직했다. 친구는 한 명도 없었지만 선물은 방안에 가득해져갔다. 책꽂이에도 그들의 책이 꽂혀 있었다. 다른 나라의 글자여서 읽을 수 없는 책이 더 많았다. 여행책과 그림책과 소설책 옆에는 내 책도 있었다. 경찰학개론 총론, 경찰공무원 영어 문법 모의고사, 경찰공무원 한국사…… 경찰공무원 한국사를 꺼내보았다. 앞쪽은 손때가 묻어 있었다. 빈 공간마다 메모가 빽빽했고 색색의 형광펜으로 밑줄이 그어져 있었다. 여기저기 포스트잇이 붙어 있고 귀퉁이가 접혀 있었다. 그러나 대부분의 나머지 페이지는 새 책처럼 새하얬다. 한국사 책을 다시 책꽂이에 꽂았다. 읽을 수 없는 문자로 적힌 그림책을 꺼내 한 장씩 넘겼다. 그림을 보며 책의 내용을 지어냈다. 서랍에서 카메라들을 꺼냈다. 각기 다른 조작법을 가진 카메라의 전원을 켜고 재생 버튼을 눌렀다. 카메라 속 사진들을 넘겨보았다. 다녀간 손님들 몇몇이 액정

안에 남겨져 있었다. 정이 들 것 같을 때면 손님들은 떠났다. 질릴 것 같을 때에도 손님들은 떠났다. 한 사람이 떠난 자리에는 또다른 한 사람이 찾아왔다. 사람이 떠날수록 이런 식의 선물이 쌓여갔다.

호박색 눈동자와 아이는 한 달이 지나도록 샬레에 머물렀다. 첫 일주일 동안은 여느 투숙객들처럼 그들이 떠날지도 모른다는 예상을 하고 아침마다 체크아웃을 준비했다. 식사비와 숙박비를 계산한 다음, 영수증에 금액을 적었다. 그들을 배웅하기 위해 문 앞에 앉아 있었다. 호박색 눈동자는 나를 부른 적이 없었다. 식사시간에 나는 노크를 하고 메뉴판을 넣어주었고, 호박색 눈동자와 아이는 손가락으로 메뉴 하나를 짚었다. 청소시간마다 호박색 눈동자와 아이는 내 의자에 앉아서 청소가 끝나기를 기다렸다. 가끔 짧은 대화가 있기도 했다. '우유 부탁합니다' 같은 말이었다.

일주일이 지나자 매일 아이와 쉬운 비밀을 나누며 산책을 하게 되었다. 아이는 미세하게 다리를 절었다. 아이의 두 걸음은 내 한 걸음이었다. 나는 천천히 걸었다. 산책로는 매번 같았다. 호박색 눈동자가 아이를 부르면 답할 수 있는 거리에 있었다. 수영장 주위를 빙글빙글 돌았다. 수영장의 비치 체어 아래에 카티가 납작 엎드린 채 아이와 나를 물끄러미 지켜보았다. 수영장에 하루살이들이 떠 있으면 아이와 함께 하루살이에 대해 얘기했고 플루메리

아 잎이 떠 있으면 플루메리아에 대해 이야기했다. 아이는 수영장 바닥에 가라앉아 있는 귀고리 같은 것을 찾아냈다. 그러다 벌레 먹어 구멍이 숭숭 난 낙엽들을 하나씩 살펴보았다. 낙엽 하나를 찾아내면 나와 카티에게 그 낙엽을 소개해주었다. 아이는 그런 것들을 보물처럼 소중하게 다뤘다. 소소한 보물을 찾아내는 아이와 함께 있으면, 소소한 보물들이 내게도 쉽게 눈에 띄었다. 가끔은 수영장 어귀로 구관조가 날아왔다. 가까이 다가가면 날아갈 거라는 걸 아이는 알고 있었다. 아이와 나는 열 발자국 정도 떨어진 자리에서 구관조에게 말을 걸었다. 구관조는 분명 구관조였지만 사람의 말을 따라 할 줄 몰랐다. 수영장에서 구관조를 발견하는 투숙객들은 구관조에게 몇 번이고 자기 나라 말로 말을 걸었다. 아이는 새의 소리를 따라 했다. 구관조는 새의 소리로 답했다.

"꿔엑."

"꿔엑."

사람의 말이 아닐 때에만 말이 통했다.

아이의 비밀은 날마다 늘어갔다. 아무것도 아닌 일이 매일 새로운 비밀이 되었다. 아이의 양말 바닥이 반나절만 지나도 새까매진다는 것과 브로콜리는 머리가 바글거려 무섭다는 것과 무지개 기름이 떠 있는 웅덩이를 보면 밟지 않고 지나쳐야 한다는 것. 그것들이 왜 비밀이냐고 물으면 아이는 가던 걸음을 멈춘 채로 턱을 괴고 서 있다가 당연한 것을 왜 묻느냐며 입을 삐죽였다. 아이가 하품을 하면 샬레에 아이를 데려다주었다. 호박색 눈동자는 아이를 객실로 들여보내며 지폐 한 장을 팁으로 건네고는 다시 문을 닫았다. 나는 책상에 앉아 석양에 지폐를 비춰보았다. 지폐의 하얀 부분에서 위조방지장치가 드러났다. 연필을 들었다. 빛 속에서만 드러나는 지폐의 얼굴 아래에 이름을 적었다. 호박색 눈동자. 지폐를 서랍에 넣어두었다. 서랍 속에 지폐가 쌓여갔다. 돈을 쓸 일이 없었으므로 서랍 속의 다른 물건들처럼 내가 모으는 선물이 되어갔다. 지폐의 위조방지장치마다 글씨를 적었다. 느리게 걷는 아이, 뾰족한 발, 커다란 앞니.

밖에서 이상한 소리가 들려왔다. 깔깔거리고 꺽꺽거렸다. 웃음소리처럼 들리기도 했고 울음소리처럼 들리기도 했다. 소리가 나지 않도록 조심하면서 객실 앞으로 걸어갔다. 샬레 안에서 나는 소리인지, 지붕 위를 돌아다니고 있을 카티가 내는 소리인지 분간이 안 되었다. 새까만 숲에서 동물들의 울음소리가 들려왔다. 나뭇가지를 밟는 소리도 들렸다. 된바람이 불었고 나뭇잎들이 박쥐떼처럼 날아다녔다. 깊숙한 어둠 속에서 짐승의 눈알이 번쩍였다. 시간과 날씨에 따라 숲은 쉽게 얼굴을 바꾸었다. 연일 폭우가 쏟아지는 때면 늪처럼 변했다. 낮에도 밤처럼 사위가 어두웠고, 온갖 벌레들이 땅속에서 기어나와 나무줄기에 덕지덕지 붙어 있었다. 덩굴도 한나절 만에 자라나 계단을 조금씩 뒤덮어갔다. 연일

땡볕만 쏟아지는 때면 숲은 금세 늙어갔다. 코코넛이 우그러들었고, 야자나무 잎이 누렇게 변색됐다. 말라비틀어진 도마뱀이 여기저기 널려 있었다. 변화무쌍했지만 변하지 않았다. 이상한 소리가 멈출 때까지 나는 샬레 앞에 서 있었다. 그 소리에는 이상한 박자가 담겨 있었고 나는 그 박자를 따라 숨을 쉬었다. 소리가 잦아들면 숨이 막혀왔고 소리가 커지면 크게 숨을 쉬었다. 사람인지 카티인지, 소리의 정체는 알 수가 없었다. 소리가 완전히 그치고 나자, 내가 실컷 웃고 실컷 운 것처럼 후련했다. 샬레 안에서 며칠이고 같은 소리가 들려왔다. 날마다 나는 나를 부르는 소리로 착각했다. 몇 번씩 귀를 기울였다.

호박색 눈동자는 언젠가부터 팁을 직접 주지 않았다. 청소를 하려고 객실에 들어가면 침대 위에 지폐가 놓여 있었다. 간단한 청소도 미리 돼 있었다. 침대와 베개 커버를 벗기고 사용한 수건과 함께 침대 옆에 쌓아놓았다. 배수구의 머리카락도 쓰레기통에 넣어두었다. 유리잔도 쟁반 위에 모여 있었고, 실내용 슬리퍼도 한편에 놓여 있었다.

아침식사를 하고 나면 내가 테이블을 정리할 때까지 호박색 눈동자와 아이는 샬레 바깥으로 나가서 의자에 앉아 나를 기다리기 시작했다. 그다음, 아이와 호박색 눈동자는 정원을 걸어다녔다. 그다음, 계단을 내려와 먹던 빵을 동물들에게 나누어주었다. 그다음, 해변으로 내려가 조개껍데기 하나를 주워 호주머니에 넣었다.

그다음, 옆 마을까지 해변을 따라 산책을 했다. 나는 일정한 간격을 유지하며 뒤를 따라다녔다. 투숙객들은 늘 내가 언제고 가까이 있다는 점에 감동하며 내 직업의식을 칭찬해주었다. 친절한 배려에 감탄한다며 고맙다고 말하곤 했다. 그러나 투숙객을 따라다니는 건 내게 업무가 아니었다. 다른 생활이 없었으므로 그건 내 생활일 뿐이었다. 누군가는 이런 곳에서 지내는 게 부럽다고 했고, 누군가는 젊은 사람이 왜 이런 곳에서 지내느냐고 했다. 그러면 나는 이런 곳이 어떤 곳이냐고 되물었다.

"이곳에는, 아무것도 없잖아요."

대답들은 대부분 비슷했다. 나는 웃어 보였다.

"왜 웃어요?"

"아무것도 아니에요."

아무것도 아닌 것들로 이루어진 이곳을, 사람들은 아무것도 없는 곳이라고 말했다. 이곳에 아무것도 없다고 느끼는 그들의 말을 듣고 있으면 나는 할머니가 떠올랐다. 집을 떠나오기 전에, 혼자 있다가 할머니의 전화를 받은 적이 있었다. 할머니는 엄마를 찾았고 나는 나 혼자 있다고 대답했다. 할머니는 지금부터 자신이 하는 얘기를 잘 들어야 한다고 말했다. 꼭 그대로 해야 한다고 당부했다. 항아리에 검은 모래를 채워넣고 그 위에 속옷을 넣어라. 빨간 실과 파란 실로 항아리를 묶고 옷장에 넣어라. 그래야 집안에 나쁜 사고가 닥치지 않는다고 했다. 나는 엄마에게 할머니의 말을 전달했고, 엄마는 그대로 따랐다. 내가 수능을 볼 때 엄마는 뱃속에 지니고 있으라며 배냇저고리를 꺼내줬다. 동지 때에는 커다란 냄비 가득 팥죽을 쒀서 반드시 싹싹 먹어야 한다고 말했고, 정월 대보름에는 부럼을 깼다. 이사를 갈 때마다 천장에 부적을 붙여놓았고, 내 지갑에도 부적을 접어 넣어주었다. 할머니와 엄마의 세계에서는 당연한 일이었지만 나에게는 당연할 리 없는, 이상한 일들이었다. 그러나 그것들은 그들의 삶을 단단하게 지배했다. 그런 단단한 것들이 이곳에는 없었다. 당연했던 어떤 것들도 이곳에는 있을 필요가 없었다. 그래서 아무것도 없다고 말해질 수 있었다. 그들은 이곳에 있는 많은 것들을 그러나 반갑게 즐기다가 떠났다. 아무것도 없다는 곳에 있는 것들을 그들에게 굳이 설명할 이유는 없었다. 그건 부러워할 일도, 안타까워할 일도 아니라는 것도.

손님들은 살아온 이야기를 들려주고는 자신의 세계로 돌아가기 위해 체크아웃을 했다. 나는 그들이 남기고 간 물건을 상자에 넣고 그들이 버리고 간 슬리퍼를 빨았다. 세탁기에 침대 시트를 집어넣고, 새하얀 시트 위에 표백제를 부었다. 누군가 다녀간 흔적을 표백하면서 또다시 누군가를 위한 준비를 했다. 다시 오겠다고 약속하는 손님도 있었지만 누구도 다시 오지는 않았다. 그 약속은 믿을 필요도, 기대할 필요도 없었다. 다시 만나는 일이 없다는 게 약속이라면 약속이었다.

언덕 아래 샬레에서 투숙객들은 수차례 빠져나갔고 새로 들어왔다가 다시 빠져나갔다. 더할 나위 없이 산뜻한 작별이었다. 망고트리 서버가 망고트리 샬레를 떠날 때도 마찬가지였다. 왜 떠나느냐고 묻는 사람도 없었고, 어디에서 어떻게 살 거냐고 묻는 사람도 없었다. 작별 파티를 하던 밤에 수고했다는 말과 잘 가라는 포옹을 하면서도, 투숙객이 떠날 때 그랬던 것처럼 그냥 보냈다. 오면 환영했고, 가면 배웅했다. 매일 아침 보트를 맞이했고 그 보트를 타고 떠나는 사람에게 손을 흔들며 작별을 했다. 스타라이트의 투숙객이 망고트리의 서버가 되었다. 그날 나는 떠나간 손님에게서 연락을 받았다. 아이가 아끼는 인형을 두고 온 것 같다는 전화였다. 나는 물론 그 인형을 알고 있었다. 쓰레기봉투를 들고 소각장에 가다가 메추리들이 옹기종기 웅크려 졸고 있는 걸 보았었다. 얼룩덜룩한 메추리 새끼들이 커다란 하마 인형의 배 위에서 포근하게 낮잠을 즐기고 있었다. 새끼 메추리들은 내가 다가가자 배에서 뛰어내려 잽싸게 도망을 갔다. 배에 메추리 똥이 범벅된 채 하늘색 하마 인형은 활짝 웃고 있었다. 나는 그 인형을 그 자리에 내버려두었다. 쓰레기를 버리고 돌아올 때에는 다시 메추리 새끼들이 숲에서 튀어나와 쫑쫑거리며 하마의 배 위로 올라가고 있었다.

"아무것도 없었는데요. 다른 곳에서 잃어버린 것 아닐까요."

나는 손님에게 거짓말을 했다. 하마 인형은 메추리의 오줌똥으로 나날이 더러워졌다. 메추리 새끼들처럼 얼룩덜룩해져서 한식

구처럼 보이게 되었다.

호박색 눈동자는 오전 산책을 제외한 거의 모든 시간을 객실 안에서 보냈다. 저녁 무렵이 되어서야 호박색 눈동자는 수영장으로 나왔고, 내려앉은 공기 속에서 비치 체어에 누워 노을이 지는 것을 바라보았다. 나는 침대 위에 놓인 팁을 매일매일 챙겨 매일매일 다른 이름을 적었다. 씹어놓은 빨대. 우렁찬 재채기. 냅킨으로 접은 종이배. 삼십 분의 딸꾹질…… 호박색 눈동자는 항상 그대로 있었고, 아이의 걸음은 시간이 갈수록 더 느려졌다. 한쪽 날개가 파열된 장난감 비행기처럼 심하게 기울어져갔다. 내가 침대를 정리해주는 사이, 아이는 객실 안으로 들어와 속삭였다.

"언니 방에 가보고 싶어요."

나는 고개를 저었다. 아이는 내 팔에 매달려 볼멘소리를 했다.

"언니는 우리 방에 매일 오잖아요."

곤란해졌다. 아이는 나와 단둘이 있게 될 때마다 방에 데려가달라고 졸랐다. 나는 매번 고개를 저었다.

"저녁 먹고 언니 방에 갈게요."

아이는 내 팔을 끌어안았다. 나는 아이를 슬그머니 밀어냈다. 아이는 금세 울상이 되었다. 굵은 눈물방울이 후드득 떨어졌다.

오믈렛과 소시지가 담긴 접시와 생과일주스와 우유를 쟁반에 담아 계단을 올라가고 있었다. 거위에게 쫓기며 아이가 계단을 내려오는 것이 보였다. 거위는 날개를 펼친 채로 아이를 향해 돌진했다. 뒤뚱거리는 건 거위였고 아이는 날쌨다. 땅을 박차는 아이의 두 다리는 정확하게 다음 계단을 조준했다. 두 계단씩 점프를 하며 내려갔다. 거위가 꽥꽥거리며 아이의 다리를 향해 주둥이를 내밀었다. 아이는 나를 발견하고 나를 향해 달려왔다. 아이는 느리게 걷지도 않았고 다리를 절지도 않았다. 아이는 내 뒤에 숨었고, 거위는 날개를 접고 숲으로 방향을 틀었다.

"거짓말이었구나."

아이가 자기 다리를 내려다보았다. 두 주먹을 불끈 쥐었다. 고개를 들어 나를 노려보았다. 입을 굳게 다물고 휙 뒤돌았다. 한 발 한 발 씩씩하게 걸어 아이는 성큼성큼 계단을 올라갔다. 숲으로 들어갔던 거위가 튀어나와 혼자가 된 아이를 향해 달려갔다. 아이는 계단 옆에서 커다란 돌멩이를 집어 거위를 향해 던졌다. 거위가 물러서자, 아이는 나를 향해서 돌멩이를 던졌다.

오전 산책 시간이 되어도 아이는 샬레 밖으로 나오지 않았다. 아이는 객실 안에 남고, 호박색 눈동자만 밖으로 나왔다. 아이와 셋이서 걷던 길을 호박색 눈동자와 둘이서 걸었다. 호박색 눈동자는 내게 아무것도 물어보지 않았다. 오후 산책 시간에도 아이는 나오지 않았다. 나는 내 의자에 앉아 있었다. 거짓말로 빼곡하게 적어나갔던 자기소개서들이 생각났다. 아무것도 아닌 것을 아무것도 아니라고 말하면 아무것도 될 수 없었다. 아무것도 아니라는 것이 아무 가치도 없다는 것으로 간주되어버린다는 점이 그 시절 나의 고난이었으나, 어떤 자기소개서에도 그런 고난을 적을 수는 없었다. 거짓 고난과 거짓 깨달음과 거짓 열정을 지어냈다. 사람을 만날 때에도 다르지 않았다. 사람들은 내 거짓 아픔을 좋아해줬다. 몇몇 사람에게 그러나 내 거짓말은 간파당했다. 그들과 다시 만나야 할 때마다 나는 눈치를 살폈다. 내가 입을 열 때마다 그들은 묘한 눈빛으로 나를 바라봤다. 그 눈빛이 나를 가짜라고 말하고 있었다. 실은 그렇게 아픈 적이 없었다는 것을 누구도 반가워해주지 않았다. 나는 거짓으로 아팠지만 그 아픔으로부터 벗어나고 싶었다. 아무것도 아니었구나. 아이의 아픔이 거짓말이어서 다행이었다. 아이가 나온다면 아이를 따라 걸을 테지만, 아이는 밖으로 나오지 않았다.

호박색 눈동자는 한밤중에 테라스에 나와 의자에 앉아서 별이나 섬을 바라보았다. 나는 내 의자에 앉아 손님이 바라보는 것을 함께 보았다. 나무의 테두리들이 차례대로 어두워졌다. 안 보이던 별들이 하나하나 뚜렷해졌다. 나는 물잔에 담긴 얼음을 달그락거렸다. 따갑다는 걸 알면서도 얼음을 집어들고 손 위에서 녹아내리는 얼음을 바라보았다. 배들이 불을 밝히고 출항해 있었다. 배들은 별자리처럼 띄엄띄엄 자리를 잡았다. 배들은 각자의 어둠이 필요해 보였다. 각자 확보한 어둠이 있어야 물고기떼가 모여들었다.

저 배들 중 어느 하나가 이른 아침 히든 롬 빌라에 생선을 납품할 것이다. 그 생선들 중 하나는 카티가 차지할 것이다. 어두워서 검은 얼룩의 카티는 하얀 얼룩만으로 돌아다녔다. 호박색 눈동자는 두 손을 모아 입김을 불었다. 나는 무릎담요 두 장을 가져와 한 장을 호박색 눈동자에게 건넸다. 호박색 눈동자는 담요를 받아들고는 무릎에 담요를 덮었다. 담요 위에 자기 손을 놓아두고 가만히 들여다보았다.

"지우고 싶어요."

호박색 눈동자가 손톱을 보여주며 말했다. 코발트빛 매니큐어가 볼썽사납게 벗겨진 손톱은 여기 머문 시간만큼 자라 있었다. 나는 고개를 끄덕였다. 이곳에서 오래 머무는 여자들 몇몇은 리무버를 찾았다. 처음 이곳에서 머물 때 나도 서버에게 리무버를 부탁했다. 방으로 가서 서랍 속 리무버와 화장솜을 꺼내 돌아왔다. 호박색 눈동자는 화장솜에 리무버를 묻혀 하나씩 손톱을 닦아냈다. 손톱을 다 닦아내자 조용히 웅크렸다. 말갛게 지워진 손톱에서 본래의 피부색이 비쳤다. 왼쪽 넷째 손톱이 까맣게 멍들어 있었다. 무언가에 부딪힌 흔적일 것이다. 지우고 나서야 볼 수 있는 흔적이었다. 호박색 눈동자는 움직이지 않았다. 나도 움직이지 않았다. 그렇게 각각 앉아 있었다. 섬도 그렇게 미동 없이 검게 제각각 떠 있었다. 달과 별들은 오른쪽으로 천천히 이동했다. 호박색 눈동자가 팔을 뻗어 먼바다 쪽을 손가락으로 가리켰다.

"이름이 뭐예요?"

손가락을 따라 바다를 바라보았지만 캄캄했다. 캄캄한 바다 위에 캄캄한 섬들이 떠 있었다. 호박색 눈동자가 묻는 것이 내 이름인지 저쪽 섬의 이름인지 헷갈렸다. 눈을 가늘게 뜨고 손가락이 가리키는 어둠을 바라보았다. 섬은 많았다. 수면 위로 튀어나온 바위들과 몇 사람이 겨우 서 있을 만한 모래 지대와 어부가 던져놓은 부표와 나무와 새들이 사는 몇몇 섬. 나는 고개를 저었다. 섬의 이름이 됐든 내 이름이 됐든 대답할 게 없었다.

"이름이 뭐예요?"

호박색 눈동자의 말을 나는 호박색 눈동자에게 돌려주었다. 내가 그랬던 것처럼 호박색 눈동자는 눈을 가늘게 뜨고 먼바다를 응시했다. 그리고 고개를 저었다. 나도 호박색 눈동자도 더는 말하지 않았다. 그날 밤 각자의 자리로 돌아갈 때, 호박색 눈동자는 주머니에서 책 한 권을 꺼내 내게 건넸다. 방에 돌아와 침대에 누워 그 책을 꺼내보았다. 손바닥만한 책이었다. 덮어놓아도 저절로 열릴 정도로 너덜거리는 책이었다. 페이지마다 삽화가 그려져 있었다. 하나같이 우스꽝스러운 삽화였다. 유머집이었다. 나는 유머집을 한 장씩 넘기며 깔깔거리고 껙껙거리며 웃었다. 밤마다 샬레 안에서 흘러나왔던 이상한 소리가 내 입에서 흘러나왔다.

산책시간에 맞추어 문 앞 의자에 앉아 있는데 호박색 눈동자가 캐리어를 끌고 나왔다. 내가 정산을 하는 동안 호박색 눈동자와 아이는 문밖에서 카티에게 꽃잎을 먹여주며 기다렸다. 호박색 눈동자는 캐리어를 손수 들고 계단을 내려갔다. 이번에는 아이가 성큼성큼 계단을 내려갔고, 호박색 눈동자가 느리게 그 뒤를 따라갔다. 스무번째 계단에서 나는 뒤를 돌아보았다. 카티가 계단 꼭대기에서 울고 있었다. 나는 한 걸음을 더 내려갔다. 카티는 여느 때처럼 뒤돌았고, 긴 꼬리를 흔들며 사라졌다.

해안으로 이어지는 빌라 입구에서 나는 뒤를 돌아보았다. 지도에 없는 곳. 아무도 찾아낼 수 없는 자유. 히든 룸 빌라. 빌라 입구에 적혀 있는 글귀를 처음 보았을 때, 잘 지낼 수 있을 것 같았다. 아무도 찾아낼 수 없기를 바랐기 때문은 아니었다. 아무도 찾아낼 수 없는 곳에서라면, 아무도 찾아오지 않아도 좋을 것 같았다. 찾아올 이유도 찾아갈 이유도 없는 곳을 찾아내고 싶었다. 미래가 없는 미래를 위해서가 아니라 미래가 필요 없는 미래에서 살고 싶었다.

스태프들이 보트를 타고 부유물을 걷어내고 있었다. 물풀은 검게 흐느적거렸다. 보트는 제 시각에 도착했다. 나는 호박색 눈동자에게 악수를 청했다. 호박색 눈동자는 악수 대신 지폐 한 장을 내 손에 올려놓았다. 아이는 부두로 이어진 나무다리를 깡충거리며 지나갔고, 가볍게 뛰어서 배 위로 건너갔다. 나는 손을 흔들었다. 호박색 눈동자도 손을 흔들어주었다. 아이는 다른 데를 보고 있었다. 나는 계속 손을 흔들었다. 호박색 눈동자와 아이를 실은 채로 보트는 출발했다. 떠나가는 보트가 하얀 물길을 만들었다. 물결이 바다를 뒤적거렸다. 부표가 출렁였고 바닷속에서 모래가 일었다. 부두 한쪽에서 사람들이 웅성거렸다.

"사람이야."

사람들 사이로 얼굴을 내밀었다. 익사체의 티셔츠는 반쯤 추켜올라간 채 살점을 파고들고 있었다. 터질 듯 물에 불어 관절의 윤곽이 사라져 있었다. 머리카락은 부표에 듬성듬성 낀 이끼 같았고, 눈과 콧날도 부풀어오른 얼굴 속에 파묻혀 있었다. 그 얼굴은 누구도 쉽게 식별할 수 없었다. 사람들은 흩어졌다. 누군가는 경찰에 신고를 하러 갔고, 누군가는 사라진 투숙객이나 직원이 있는지 주변을 수색하러 갔다.

샬레는 깔끔했다. 호박색 눈동자와 아이는 아무것도 놓고 가지 않았다. 유리잔도 제자리에 있었고, 쓰레기통도 비워져 있었다. 아무도 지낸 적 없는 방 같았다.

누군가 다녀간 흔적을 말끔하게 지울 것.

그러나 누군가 살고 있는 방처럼 아늑하게 매만져놓을 것.

체취는 제거하고 향기는 남길 것.

매일 새로운 들꽃을 꽃병에 꽂아둘 것.

히든 룸 빌라의 청소 원칙이었다. 나는 침대 시트와 베개 커버를 걷어냈다. 샤워실에 표백제를 뿌리고 솔로 타일 사이사이를 닦았다. 깨끗한 유리잔을 다시 한번 부셨다. 깨끗한 바닥을 걸레질하기 시작했다.

"민주?"

부두에서 들은 소리가 떠올랐다. 익사체를 둘러싼 사람들 속에 있을 때, 그 소리가 뒤에서 조그맣게 들려왔다. 그 말이 소리가 아니라는 것을 이제야 알아챘다. 그 소리는 내 이름이었다. 현기증이 일었다. 나는 걸레를 더욱 꼭 쥐었다. 다시 걸레질을 했다. 바닥을 더 세게 닦아냈다. 신문지를 구겨 샤워실 거울에 말라붙은 물방울 자국을 아득바득 지워냈다. 샤워 커튼 아래 스며 있는 물기를 힘껏 짜내고 세면대와 바닥을 싹싹 훔쳐냈다. 창가의 꽃병에서 들꽃을 뽑아 버리고 새 들꽃 한 송이를 꽂았다. 미니바에 음료를 가지런히 채워넣었다. 방으로 돌아와 호박색 눈동자가 준 마지막 지폐를 햇빛에 비춰보았다. 이번에는 연필을 들지 않았다. 적어야 할 이름이 너무 많았다. 그 자리는 비워두어야 맞았다. 창문을 열었다. 창에 찍힌 내 지문을 닦아냈다.

눈과 사람과 눈사람

먹을 것을 좀 사가자고 영혜가 말했다. 마트에서 이틀 치의 식량을 골랐다. 규미가 애플망고를 집었다가 가격을 보고 다시 내려놓았다.

"먹고 싶었던 것 다 먹고, 하고 싶었던 말 다 해요."

애플망고를 카트에 담으며 영혜가 말했다.

"우리가 말할 수 있을까요."

나는 영혜에게 물었다.

"할 수 있지요."

규미가 애플망고를 카트에 하나 더 담으며 답했다. 영혜는 대답 대신 계산원에게 카드를 내밀었다. 영혜는 이런 식으로 계산을 도맡았다. 수입의 대부분을 여기다가 써왔다. 처음으로 영혜가 카드를 내민 것은 재작년 겨울이었다. 그때 나는 성폭력 피해자가 자살을 시도했다는 연락을 받았다. 그 사람을 살리러 갈 사람이 필요하다 했다. 병원으로 갔다. 그곳에서 먼저 도착한 나래와 영혜를 만났다. 환자는 의식불명이었다. 응급실에서 중환자실로 옮겨 입원치료를 하면 살릴 수 있다 했다. 그 절차를 밟으려면 병원비부터 결제해야 한다 했다. 백만원이 넘는 금액이었다. 결제는 영혜가 했다. 이 일은 얼마 지나지 않아 인터넷을 떠돌아다녔다. 영혜가 으스대며 카드를 내밀었다고, 거액을 쉽게 결제하는 영혜를 보며 돈 없는 자의 소외감을 뼈저리게 느낄 수밖에 없었다고, 성폭력 피해자와 연대하는 일도 있는 자들이 차지한다고, 나래는 개탄했다.

영혜는 카드 연체료를 혼자서 견디고 있을지 몰랐다. 영혜가 결제를 안 했더라면. 그저 발을 동동 구르고 걱정만 하고 있었더라면. 영혜가 그 장소에 달려가지 않았더라면. 다음날 누군가가 병원으로 달려간 것에 그저 고마움을 표하는 정도였다면. 이런 가정법을 레일처럼 끝없이 나열해놓고 나는 매일매일 마룻바닥의 끄트머리에 쪼그리고 앉아 있었다. 늘 같은 곳에 나는 도착해 있었다. 우리들의 출발지. 우리가 성폭력 피해자와 연대하지 않았다면. 연대하고자 하는 마음만 있었더라면.

새해 첫날을 낀 연휴였지만 고속도로 하행선은 차가 많지 않았다. 영혜가 눈이 침침해지면 모두가 따라 부를 수 있는 노래를 규미가 선곡했다. 모두에게 졸음이 몰려오면 셋이서 끝말잇기를 했다. 톨게이트를 빠져나오고, 진천교를 건너고, 아파트 단지를 지나고, 드문드문 주유소와 공장과 목재소를 지났다. 숲길을 통과해 저수지에 도착했다. 하얗게 얼어붙은 저수지 위에서 사람들이 모닥불을 피우고 있었다.

"위험하지 않을까요."

창밖을 바라보며 규미가 말했다.

"위험하겠지요. 따뜻하기도 하겠지요."

영혜는 저수지에 흩어져 있는 사람들을 바라보고 있었다. 그들은 모닥불로 모여들었다. 장갑을 벗고 두 손바닥을 모닥불을 향해 펼치고 있었다. 지원은 저수지 북쪽 마을에 살았다.

펜션 입구에서 지원이 팔을 들어 우리에게 손짓을 했다. 영혜와 규미와 나는 차에서 내려 기지개를 켰다. 너무 먼 길을 오느라 고생하셨다며 지원은 트렁크에서 우리의 캐리어를 꺼냈다.

"그동안 정말 고생 많으셨지요."

규미가 지원에게 말했다. 지난 일 년 동안 지원은 일주일에 두 번 이상 진천에서 서울을 왕복해 다녔다. 영혜와 규미와 내가 끝말잇기를 해가며 견뎌낸 거리였다.

지원이 음식 봉투를 들고 앞장섰다. 주변은 온통 새하얬다. 도로도 도로가 아닌 곳도 눈으로 뒤덮여 있었다. 두 손으로 캐리어를 번쩍 들어 앞사람의 발자국에 내 발을 넣어가며 걸었다. 한 사람이 걸어간 것처럼 보이는 네 사람의 발자국이 찍혔다.

만수위를 찾아 붕어가 모여드는 여름 한철과 빙어가 연안으로 올라오는 겨울 한철에 사람들은 이 저수지를 찾아온다고 지원은 말했다. 낚시 장비 대여점들, 그 가게에서 운영하는 펜션, 그 펜션에서 운영하는 횟집이 이 동네에 있는 건물의 거의 전부였다. 한철이 지나가면 물고기가 되돌아가고 사람들도 되돌아가고 가게들은 문을 닫는다 했다.

"지원씨는요?"

영혜가 물었다.

"나는 다시 산책을 해야지요."

지원이 가장 자주 한 말이었다. 지원의 자동차에는 짙은 개냄새가 늘 배어 있었다. 차문을 열면 하얗고 가느다란 개털들이 공중으로 피어올랐다. 개털이 뒤엉켜 있는 시트에는 색색깔의 개 목줄과 개껌이 놓여 있었다. 바스러지다 만 낙엽과 나뭇가지들을 싣고 다니는 듯 보였다.

"미안해요. 사람이 타는 건 처음이라서."

그 차를 처음 탔을 때 지원은 조수석 서랍에서 박스 테이프를 꺼내 내게 건네주었다. 나는 내 옷에 붙은 개털을 떼어냈다. 십오년 동안 매일 아침마다 개 네 마리를 이 차에 태웠다고 지원은 말했다.

“아침 먹고 설거지하고 돌아서면 개들이 차문 앞에 쪼르르 앉아 있어요. 빨리 문 열어달라고요. 차에 타면 서로 창밖을 보겠다고 난리예요. 창문마다 한 마리씩 자리를 차지하고요. 창밖으로 머리를 쭉 내밀고 바깥을 구경해요. 옆 마을에 사람이 안 오는 산이 있거든요. 거기에다 차를 세워요. 개들하고 산길을 걸어요. 사랑이는 제 옆만 졸졸 따라다니고요. 걸으면서 자꾸 저를 올려다봐요. 소망이는 진흙만 찾아다녀요. 새하얀 털이 다 새까매질 때까지 온몸을 진흙에 부벼요. 그리고 나한테 달려와서 앞발을 들고서 덥석 안겨요. 내 옷에 진흙을 다 묻혀놔요. 진실이는 하울링을 해요. 목을 쭉 빼고 하늘을 보고 울어요. 자기가 늑대라도 되는 것처럼요. 하울링을 하다가 자기가 무슨 절창이라도 한 양 뿌듯한 표정으로 나를 쳐다봐요. 믿음이는 저 혼자 산속으로 마구마구 뛰어가요. 숲속으로 아예 사라져버려요. 믿음이를 부르면 아주아주 멀리서부터 믿음이 발소리가 들려요. 다다다다, 하고요. 내 목소리를 향해서 전속력으로 달려오는 거예요.”

지원에게 산책은 사는 목적이었다. 서울 토박이인 지원이 직장을 그만두고 진천에 이사를 온 유일한 이유였다.

지원이 서울에 올라오는 횟수가 늘어나면서 차에 묻어난 개의 흔적도 냄새도 줄어들었다. 지원은 산책을 할 겨를이 없다고 했다. 영혜는 십 년 넘게 키워온 화분들을 죽였다고 했다. 규미는 삼 개월 동안 이삿짐을 풀지 못했다고 했다. 민조는 아이가 불안 증세를 보인다고 했다. 다시 산책을 해야 한다고 지원은 몇 번이고 우리에게 말했다. 우리는 다시 화분에 물을 주어야 하고 집에서 정리정돈을 해야 하고 아이를 돌보아야 한다고 했다. 일 년 동안 한결같이 우리에게 이 말을 들려주었다.

펜션 주인은 우리에게 장비는 갖고 왔느냐고 물었다. 우리는 낚시를 하지 않는다고 대답했다. 주인이 현관문을 열어주었다. 여분의 베개를 더 가져다줄 수도 있고, 바비큐를 원한다면 숯을 피워줄 수도 있다고 했다.

"테이블은요?"

영혜가 주인에게 물었다. 주인은 우리를 창고로 안내했다. 스테인리스 냄비들과 장독들 뒤에서 캠핑용 접이식 테이블을 찾아냈다. 철제 다리에는 거미줄이 감겨 있었다. 우리는 그 테이블을 운반했다. 각자 걸레를 들고 테이블 다리와 상판을 닦았다. 거실 중앙에 테이블을 펼쳐놓았다. 주인에게 의자 다섯 개도 받아왔다.

"네 사람 아닙니까?"

"그런데 한 자리가 더 필요해요."

우리는 각자의 노트북을 테이블에 올려놓았다.

"잘 도착하셨나요? 미안해요. 함께 있지 못해서."

민조가 보낸 메시지가 와 있었다. 규미가 핸드폰을 꺼내 빈 의자 사진을 찍어 채팅방에 전송했다.

"민조씨 자리도 여기 있어요."

민조는 매번 미안하다는 말을 했다. 작년 12월에는 시댁에서 김장을 해야 한다고, 온라인 회의에 참석하지 못할 것 같다고 했다. 하지만 회의시간이 되었을 때 민조는 단체 채팅방에 함께 있었다. 배추 한 포기에 양념을 바르고 고무장갑을 벗어 핸드폰을 보고, 회의 안건에 대해 말을 하다가 다시 고무장갑을 끼고 배추에 양념을 발랐다. 결국 시어머니와 크게 다퉜고 김장을 하다 말고 시댁을 나왔다. 민조는 남편과 언쟁하는 일이 잦아졌다. 상담사는 민조의 아이가 엄마의 예전 모습을 그리워하고 있다고 전했다. 예전으로 돌아가기 위해서 이 일을 그만두어야 할 것 같다고 민조는 고백했다. 이런 말을 몇 번이고 했고, 이 일에 마음 쓰지 말라는 우리의 답을 듣고도 민조는 언제나 함께 있었다.

영혜가 원두커피를 내리고 연필을 깎는 동안, 나와 규미는 영상 채팅 프로그램을 켜서 모두를 초대했다. 지원은 돋보기안경을 꺼내 쓰고 다시 처음부터 이야기를 해보자고 말했다. 영상 속 민조가 먼저 말하기 시작했다.

"나래씨의 블로그가 알려지기 시작한 건 재작년 가을이었어요. 그때 저도 나래씨의 블로그를 즐겨찾기했고요. 다른 사람들처럼 나래씨의 글에 공감 버튼을 누르고 '연대합니다'라고 댓글을 달았지요. 그 무렵 나래씨의 포스팅 하나가 제 마음을 완전히 바꿔놓았어요. 공감 버튼을 누르고 자신의 몫을 다했다고 여기는 사람들, 실은 아무 일도 하지 않으면서 댓글 하나로 연대를 표하는 사람들 때문에 이 모든 짐을 혼자 짊어지고 있다고 나래씨는 호소했어요. 이 글을 보고 있다면 제발 누구라도 함께 일하자고 요청했어요. 실은 내가 아무것도 하지 않았다는 걸 그때 처음 알게 되었지요. 남편에게 아이를 부탁하고 네 시간 정도 시간을 내서 집회에 참여했어요. 지금 생각해보면 죄책감을 덜어내기 위해서였는지도 모르겠어요. 그 집회에서 당신들을 만났고요. 저처럼 나래씨의 글을 보고 나온 거였지요. 기왕 이렇게 모였으니 작은 일이라도 해보자는 이야기가 우리의 시작이었어요."

나는 그 집회에서 민조 옆에 앉아 있었다. 우리는 울고 있어서 서로 얼굴을 쳐다보지 못했다. 앞사람이 티슈 몇 장을 건네주었다. 나는 그 티슈를 민조에게 건넸다. 집회가 끝나자 사람들은 우르르 빠져나갔다. 그때까지 민조는 고개를 숙이고 자리에 앉아 있었다. 나도 민조가 일어날 때까지 자리에 앉아 있었다.

피해자들의 상황은 제각각이었다. 명예훼손으로 고소를 당한 사람도 있었고, 고소 위협을 받아서 법률적인 대응이 필요한 사람도 있었고, 이미 가해자를 법정에 세우고 있는 사람도 있었다. 우리는 전담 변호사를 찾기 위해 동분서주하기 시작했다.

영상 속에서 민조가 갑자기 벌떡 일어났다.

"아이가 깼나봐요. 다시 재우고 올게요."

민조가 방문을 열고 바깥으로 나가는 게 보였다. 아이가 칭얼대는 소리가 저 멀리서 들려왔다. 지원은 돋보기를 벗었다. 영혜는 냉장고에서 애플망고를 꺼내왔다. 영혜는 잠자코 망고를 깎았다. 영혜의 손 아래로 망고가 미끄러질 때 지원이 잽싸게 손을 뻗었다.

"잡았어요!"

망고의 한 귀퉁이가 뭉그러져 있었다. 뭉그러진 부분을 과도로 도려내 영혜는 자신의 입안에 넣었다. 깔끔하게 잘린 조각들을 우리에게 내밀었다. 망고는 씹기도 전에 입안에서 녹아내렸다. 맛이 좋다고 규미가 말했다. 모두 고개를 끄덕였다. 마지막 한 조각이 접시 위에 남아 있었다. 서로가 서로에게 양보하려다 끝까지 남아버렸다. 민조가 돌아왔다. 영혜가 입을 열었다.

"그때쯤 나래씨의 블로그에 묘한 글이 올라왔어요. 나래씨는 몹시 화가 나 있었어요. 사람들이 자신의 일을 빼앗아가고 있다고 적어두었어요. 그때까지만 해도 그게 우리에게 하는 말일 거라고는 짐작하지 못했지요."

내가 영혜의 말을 이었다.

"저도 그 글을 보고 나래씨의 직업 얘긴 줄 알았어요. 하던 일이 줄어들고 있다고 말한 적이 있었거든요. 나래씨한테 일러스트를 맡긴 클라이언트가 연락을 끊었다고 했어요. 성폭력 피해를 고발하고 나서 워낙 불이익을 받는 사람들이 많으니까, 나래씨의 말을 그 맥락에서 이해한 거지요."

엄지손가락으로 눈썹 뼈를 꾹꾹 누르면서 지원이 말했다.

"그때 우리는 예상한 것보다 일이 너무 많았어요. 정신이 거의 없었지요. 나래씨를 통해서만 연락을 취하던 피해자들도 우리에게 직접 연락을 해오기 시작했고요. 그 사람들과 오전에 한 번, 오후에 한 번 통화를 하고 나면 하루가 금방 가버렸어요. 가해자들로부터 협박성 전화가 걸려오고. 그때만 해도 우리는 어떻게 대처해야 하는지, 어떤 절차를 밟아야 하는지 거의 무지한 상태였잖아요."

내가 다시 말했다.

"그즈음 제가 나래씨한테 전화를 했어요. 집회에서 나눠줄 전단지를 제작하던 중이었거든요. 예전에 나래씨의 블로그에서 봤던 글이 기억났어요. 새로운 인쇄소를 찾았는데 작업 속도도 빠르고 제작비도 저렴하다는 내용이었어요. 인쇄소 연락처를 알려줄 수 있느냐고 나래씨한테 물었어요. 나래씨는 지금 바쁘다고 했어요. 일주일 뒤에 연락할 테니까 기다리라고 했어요. 목소리가 싸늘했어요. 열흘이 지났지만 나래씨한테 연락이 오질 않았어요. 다시 전화를 해보았지만 나래씨는 받지 않았어요. 그날 나래씨가 블로그에 새 글을 올린 거예요. 사람들이 나래씨의 시간과 노동력을 착취한다고 적혀 있었어요."

나는 그때 나래가 휴식을 원한다고 여겼다. 나래에게 다른 일로 연락을 한다거나 무언가를 부탁하는 것을 중지하는 게 나래를 위해 좋겠다고 생각했다. 우리에게 맞는 인쇄소를 찾아내기로 했다. 다음 회의 일정을 잡기 위해서 나래에게 문자만 넣어두었다. 나래가 회의에 참석하지 못한다고 해도 우리가 조금씩 더 일을 맡아서 나누면 될 거라고 예상했다. 나래는 회의에 참석하겠다는 답을 보내왔지만 오지 않았다. 사람들이 집단적으로 자신을 따돌리고 있다는 글이 나래의 블로그에 게시되었다.

호빵을 찌면 먹을 사람이 있느냐고 규미가 물었다. 나는 손을 들었다. 규미가 찜기에 냉동 호빵을 넣었다. 손으로 귀를 만져가며 규미는 호빵을 꺼내왔다. 우리는 자기 앞에 놓여 있는 몽글몽글한 호빵을 내려다보았다. 자기 앞에 호빵이 없는 민조가 영상 속에서 먼저 입을 뗐다.

"그때 그만뒀어야 한다고 저는 생각했어요. 나래씨를 불쾌하게 만들면서까지 이 일을 하고 싶지는 않았어요. 연대에도 자격이 있겠지요. 우리에겐 그 자격이 없는지도 모른다고 생각해봤어요. 나래씨는 성폭력 피해자였고 앞장서서 싸워왔어요. 나래씨는 피해자들의 싸움에 우리가 무임승차를 하고 있다고 받아들인 것 같아요. 고통받아본 적도 없으면서 남의 고통마저 약탈해서 정의로운 척하는 족속을 보듯이 우리를 본 것 같아요. 우리가 정말 그런 사람들일까요?"

영혜의 접시 위에는 망고 껍질과 씨앗이 놓여 있었다. 영혜는 접시를 들고 일어났다. 음식물 쓰레기봉투 앞에 서서 말했다.

"망고 씨앗도 음식물 쓰레기인가."

지원이 영혜를 향해 고개를 돌렸다.

"동물이 못 먹는 건 일반 쓰레기예요."

씨앗은 일반 쓰레기구나, 영혜가 중얼거렸다. 규미가 말했다.

"하지만 우리 모두는 사실상 성폭력 피해자 아닌가요. 그래서 더더욱 나래씨의 호소에 이렇게 응하게 된 거 아닌가요. 나래씨도 이 사실은 알고 있지 않았나요."

모두의 한숨이 지나간 뒤 지원이 입을 열었다.

"우리가 피해 사실을 공론화하지 않은 것이 못마땅했던 건 아닐까요? 저는 나래씨를 이해하기 위해 이 차이를 항상 생각해왔어요. 나래씨는 여러 사람에게 협박을 받았고 악플에 시달렸고 클라이언트로부터 일거리를 잃어갔어요. 우리는 적어도 그때까지는 큰 불이익을 받지 않았지요."

지원은 두 눈을 감고서 손가락으로 관자놀이를 누르고 있었다. 두통이 오는 듯했다. 끙, 소리를 내더니 지원은 다시 입을 열었다.

"그렇다 해도 저는 그만둘 순 없었어요. 다시 그때로 돌아간다 해도 그만두지 않을 것 같아요. 나래씨 때문에 다른 피해자들과 잡은 손까지 놓는다는 건 더 못할 짓이었어요."

창문 아래 방바닥에 네모나게 맺혀 있던 햇빛은 어느새 싱크대를 지나 테이블까지 다가와 있었다. 주황색 빛이 테이블 다리를 타고 올라오는 걸 나는 바라보고 있었다.

"우리 밥 먹을까요?"

영혜가 일어나 싱크대로 뚜벅뚜벅 걸어갔다.

"송어회를 시켜요."

지원이 핸드폰을 들고 영혜에게 다가갔다. 공깃밥과 함께 매운탕도 끓여줄 거라며 지원은 펜션 주인의 전화번호를 입력하고 있었다. 배달된 송어는 꼭 연어 같아 보였다. 커다란 접시에 노을 같은 주황빛 살점이 차곡차곡 펼쳐져 있었다. 커다란 볼에는 상추와 깻잎, 오이와 양파와 당근이 담겨 있었다. 볼에 송어회 살점과 밥을 넣은 다음 콩가루와 초장을 넣고 비볐다. 하나의 볼 속에 모두의 숟가락이 모여들었다.

"아는 것 같은데 모르는 맛이 나요."

고개를 갸우뚱거리며 규미가 말했다.

"그 말이 무슨 말인지 알 것도 같아요."

민조가 웃었다. 우리는 송어회를 다 먹고 매운탕을 다 먹고 비빔밥을 다 먹었다. 영상 속에서는 민조의 아이가 민조의 무릎에 앉아 밥을 먹고 있었다. 영상 속에 있는 이모들의 응원을 한몸에 받으며 아이는 밥을 다 먹었다. 아이가 모니터를 향해 텅 빈 입안을 보여주며 방긋 웃었다.

"진짜 다 먹었네."

"대단하다."

우리는 박수를 치고 엄지를 치켜세웠다.

바람이 불 때마다 창틀이 흔들렸다. 창밖은 캄캄했다. 밖에서 둔탁한 소리가 들려왔다.

"이게 무슨 소리예요?"

영혜의 말에 지원이 웃음을 띠며 대답했다.

"나뭇가지에서 눈덩이가 떨어지는 소리일걸요."

소리가 날 때마다 눈덩이라는 것을 알면서도 우리는 자꾸 창밖으로 고개를 돌렸다. 나는 규미와 함께 양치를 했다. 이렇게 새해를 함께 맞을 줄은 몰랐다고, 하얀 거품이 묻은 얼굴로 규미는 내게 말했다. 요새 규미는 연예인들이 자신을 더 바보처럼 보이는 일에 열중하는 예능 프로그램만 본다고 했다. 영혜는 길고 긴 드라마를 1회부터 최종회까지 몇 날 며칠이고 틀어박혀 보았다고 했다. 지원은 우리들의 이야기를 조용히 듣고만 있었다. 아마도 민조에게는 그런 시간도 허락되지 않았을 것이다. 민조는 아침 일찍 일어나 아침밥을 차리고, 입이 짧은 아이를 구슬려 밥을 먹이고, 등원을 시키고 집에 돌아와서 겨우 커피 한 잔을 마실 시간 정도를 누렸을 것이다. 청소를 하고, 빨래를 돌리고, 장을 보고, 반찬을 하고, 그러다보면 아이가 돌아올 시간이 금세 와 있었을 것이다.

다시 시작해보자고 영혜가 말했다. 아무도 먼저 입을 열지 않았다. 영혜도 마찬가지였다.

도대체 어떻게 해야 우리가 이 이야기를 정리해낼 수 있을지,

일단락을 맺을 수 있을지, 몇 개월을 고민해도 우리는 답을 내지 못했다. 진천에 가보자는 말을 꺼낸 것은 영혜였다. 다 함께 모여 이야기를 모으다보면 이 일을 글로 정리해낼 수 있을 것 같았다. 일정을 조정해 겨우 날짜를 맞춰보니 1월 1일이었다. 오늘이 오기까지 모두 각자의 자리에서 해야 할 말을 생각하고 또 생각했을 것이다. 그렇게 말을 할 준비를 해왔다. 그러나 우리는 말하는 것조차 괴로워하고 있었다. 그런데 어떻게 이 이야기를 글로 정리해낼 수 있을까. 어쩌면 이 일은 영원히 글로 정리될 수 없을지도 몰랐다. 지원이 가까스로 입을 열었다.

"백 번도 넘게 그 입장문을 읽었을 거예요. 우리가 무엇을 잘못했는지."

마침내 나래의 블로그에 정식으로 작성된 입장문이 올라왔다. 그 글은 실시간 검색어 순위에 랭크되었고 최다 공감 버튼과 최다 댓글을 받았다. 성폭력 피해를 고발했을 때보다 더 큰 관심이 집중되었다. 다른 사람도 아닌 연대하는 사람들로부터 피해자가 착취당하고 이용당했다니. 나래와 연대하여 진실을 밝히겠다는 사람들이 순식간에 불어났다. 그 입장문에서 가해자는 바로 우리들이었다. 내가 말했다.

"그때까지만 해도 우리는 나래씨와 오해를 풀면 해결될 수 있을 거라고 생각했지요. 하지만 다른 피해자들이 나래씨를 지지하며 우리를 줄지어 비난하기 시작했어요. 한밤중에 우리가 전화를 받지 않았다고, 다른 사람의 블로그 글에는 공감 버튼을 누르면서 자신의 글에는 일부러 누르지 않았다고, 자신이 병원에 입원했을 때 병문안을 오지 않았다고, 자신이 작성한 탄원서를 공유받아 문장을 검열했다고. 그건 권력을 가진 자들의 위계폭력이라고, 순종적인 피해자들만 선별하여 관리했다고, 대의를 앞세워 피해자들을 희생시켰다고. 우리가 해온 일들이 그렇게 명명되어 갔어요."

채팅 영상 속에서 초인종 소리가 들렸다. 남편이 온 것 같다고 민조는 말했다. 민조가 영상 속에서 사라지자 우리는 모두 창밖을 바라보았다. 방안에 있는 우리의 모습이 유리창에 고스란히 비쳤다.

"민조씨, 오늘은 여기까지만 해요."

"민조씨, 잘 자요."

"민조씨, 고마워요."

영상 채팅방에 한마디씩을 남기고 우리는 창을 닫았다. 지원을 쳐다보며 영혜가 말했다.

"모두가 그만두고 싶다고 했을 때, 이 일을 꼭 끝내야 한다고 버텨주셔서 고마워요."

지원이 울먹이기 시작했다. 우리는 몇 번씩 서로에게 우는 모습을 보이고야 말았지만 지원이 우는 것은 처음 보았다.

우리는 방에 들어가 각자의 요를 펼쳤다. 누군가의 머리가 누군가의 발에 닿지 않도록 요를 깔고 베개를 놓았다. 잠을 자다가 자꾸 비명을 지른다던 영혜도, 몸부림이 심하다던 규미도 아무 기척 없이 금세 잠들었다. 맛있는 냄새에 눈을 떴을 때 우리는 마치 가족 같은 모양새를 하고 있었다. 영혜와 지원이 아침을 준비하는 동안 규미와 나는 남은 이불을 갰다. 그리고 우리는 모두 싱크대에 나란히 서서 고기를 볶고 지단을 부치고 조미김을 봉지에 넣어 부쉈다. 테이블에 네 그릇의 떡국과 김치를 올려놓았다. 지원은 오늘을 위해 그저께부터 사골을 고았다고 했다. 간하지 않은 미지근한 국물 두 그릇을 문밖에 내놓았다. 고양이 두 마리가 금세 다가와 할짝할짝 국물을 먹었다.

"새해 복 많이 받으세요."

영상 속에서 민조가 떡국을 먹는 우리에게 말을 건넸다. 다시는 이런 따뜻함을 나누지 않아도 되기를. 이것이 우리의 새해 덕담이었다.

지원은 우리가 장을 봐온 음식 중에서 고양이가 먹을 수 있는 것을 골라냈다. 문을 열고 지원이 쪼그리고 앉자 고양이들이 다시 다가왔다. 우리도 문가에 쪼르르 앉아 고양이들을 바라보았다.

"한두 시간이면 그릇 속의 물이 꽁꽁 얼어요."

겨울이 지나고 나면 동네 길고양이 수가 줄어들어 있다고 지원은 말했다.

"34쪽부터 40쪽까지는 안 될 것 같아요."

영상 속 민조가 말했다. 고드름 끝에서 물방울이 떨어져 눈밭에 동그란 구멍을 만드는 것을 지켜보다가 우리는 다시 테이블에 앉았다.

"이 부분이 없으면 말이 안 돼요. 그날 왜 나래씨가 회의에 나오지 않았는지, 그 얘기가 빠지면 우리가 받은 비난을 온전히 해명할 수 없지 않을까요?"

내가 고개를 갸웃거리자 영혜가 말했다.

"그건 나래씨의 프라이버시잖아요."

지원이 덧붙였다.

"어차피 이 일은 아무도 이해를 못해요. 사람들이 이해한 진실과 우리가 이해받고자 하는 진실은 끝까지 거리를 좁히지 못할 거예요."

우리는 34쪽부터 40쪽까지를 지웠다. 가장 하고 싶었던 말을 우리는 계속해서 지우고 있었다. 중요한 이유들은 각자의 프라이버시와 긴밀한 탓에 말하지 않는 게 옳은 말이었으므로.

우리가 가장 적나라하게 이 이야기를 써서 세상에 내놓았을 때 가장 기뻐할 사람은 아마도 가해자들일 것이다. 가해자들은 우리의 글을 자신들을 고발한 피해자들의 용기를 짓밟는 일에 사용할 것이다. 피해자도 때론 감정적으로 누군가를 비난할 수 있다는 점을 용인할 사람은 많지 않았다. 우리가 우리를 해명하려 들 수는 없다는 것을 이해할 사람도 극히 드물었다. 우리는 아무 해명도 하지 않기로 했다. 침묵하고 있다는 비난을 덤으로 받았다.

"51쪽부터는 어떤가요."

이번에는 영혜가 체크했다. 우리는 그 페이지도 지웠다. 우리가 충분히 설명할 수 있는 일들을 지웠고 우리가 들은 말들을 지웠다. 지우고 또 지웠다. 백 쪽이 넘어갔던 글은 오십 쪽 이내로 줄어들었다. 우리는 다시 첫 페이지를 펼쳤다. 규미가 먼저 소리내어 낭독했다. 규미가 목이 잠기면 지원이 이어 읽었다. 영혜와 내가 차례대로 이어받았다. 영상 속에서 민조가 마지막 부분을 읽었다.

규미의 점퍼 주머니에서 벨소리가 울렸다. 규미는 점퍼를 입고 바깥으로 나갔다. 우리는 규미를 기다렸다. 사람들은 자주 규미를 목격했다고 우리에게 말해주었다. 카페에서, 술집에서, 여행지에서 규미가 성폭력 가해자와 웃고 있었다고 했다. 우리는 우리가 들어온 이야기를 규미에게 털어놓았다. 규미는 조심하라는 충고를 자신도 수없이 들었다고 했다. 고통스럽다고 했다. 그녀의 주변 사람들에게 규미가 조심해야 할 사람은 가해자가 아니라 바로 우리들이었다고. 규미의 친구들은 규미에게 세상 물정 모르는 규미를 우리가 이용하는 거라고 주의를 주었다고 했다. 자신이 작년부터 준비해온 시나리오의 연출을 성폭력 가해자가 담당하게 되어 더 고통스럽다고 했다. 영화 일을 그만둬야 하나 고민하고 있다고 했다.

왜 규미씨가 그 일을 포기하냐고, 일을 그만둬야 할 사람은 당신이 아니라고 우리는 규미를 다독였다. 가해자의 SNS 계정에 규미와 함께 활짝 웃고 있는 사진이 몇 차례 올라왔다.

"아빠예요."

규미가 찬바람과 함께 다시 테이블 앞에 앉았다. 아빠에게서 전화가 온 게 아니라는 것 정도는 우리 모두 눈치채고 있었다. 지금 규미가 우리에게 거짓말을 하고 있다고 해서 규미가 무언가를 은폐하고 있다고 의심할 필요는 없었다. 규미의 인간관계는 복잡했다. 그 복잡한 진실을 우리에게 털어놓을 의무가 규미에게는 없었다. 우리에게 보여주는 규미의 모습 그대로를 믿어보는 수밖에 없었다.

"지금부터 진짜 해야 할 말을 써야겠지요?"

영혜가 우리를 차례차례 둘러보았다. 아무도 대답하지 않았다. 우리는 텅 빈 껍데기밖에 없는 이야기를 작성하고 있었다. 두리뭉실하게 옳은 말들. 이 뜻도 저 뜻도 아닌 중립적인 말들. 아무도 정확하게 알아들을 수 없는 말들만이 겨우 살아남아 있었다. 오직 착하고 선한 말들. 선의만 남겨놓느라 공허해진 글이 되어가고 있었다.

"배고파요."

활짝 웃으며 규미가 말했다.

나는 커다란 냄비를 두 손으로 들고 수돗물을 받았다. 가스레인지에 올려놓고 잠시 사람들에게 등을 보이고 서 있기로 했다. 커다란 냄비를 내려다보면서 서서히 기포가 생기고 보글보글 물이 끓어오를 때까지 서 있었다. 등뒤에서, 규미는 영혜에게 호빵에 관한 이야기를 건넸다. 충분히 웃기는 이야기였는데 영혜도 지원도 간신히 웃는 듯했다. 봉지에서 면을 꺼내어 냄비에 넣고, 분말 수프와 건더기 수프를 차례차례 풀었다. 거부할 수 없는 식욕이 혀끝에 고였다. 젓가락으로 면발을 건져올려 찬 기운을 쐬게 해주었다. 더 맛있는 라면을 내 등뒤에 있는 사람들에게 먹이고 싶었다.

"수면제를 받으려고 정신과에 간 적이 있어요."

영혜의 목소리가 들려왔다.

"의사는 뭐라고 하던가요?"

지원이 물었다.

"법적으로 고소하는 것을 권했어요. 판결을 받아 승리를 해야만 마음이 치유될 수 있는 경우라고요."

나도 정신과 의사로부터 법적으로 해결하는 것이 덜 시달리는 방법이라는 권고를 받았다. 우리가 선택할 수 없는 권고였다. 선택하면 안 되는 권고였다. 그래서 나는 몇몇 병원을 더 찾아다녔다. 다른 입장을 갖고 있는 의사를 만나고 싶어서였다. 마지막이라고 생각하고 찾아간 동네 병원에서 원하던 의사를 만났다. 그는 2011년 신도시 연쇄 붕괴사건을 기억하느냐고 내게 물었다. 전국에서 정신과 의사들이 피해자들의 심리상담을 위해 자원했고 그 의사도 피해 지역을 찾아갔다고 했다. 당시에도 똑같은 일이 벌어졌다고 의사는 말했다. 그때 의사 몇 사람이 몇 명의 피해자에게 폭행을 당했고 그중 한 명의 코뼈가 부러졌다. 코뼈가 부러진 사람은 의사직을 관두고 사라졌다. 나머지 사람들은 침묵하기로 결정했다. 그때에도 피해자들이 돈을 노리고 있다는 거짓 뉴스가 나돌았다. 자신들이 입을 열게 되면 이 이야기가 어떤 식으로 악용될지, 어떤 여론이 형성될지 뻔히 보였다. 이후로 의사는 혼자 조사를 해왔다고 했다. 이십 년 동안 가정폭력 피해자들과 연대한 사람은 배에 칼을 맞았고, 화재사건 피해자와 연대해온 사람은 방화 때문에 집이 불탔고, 피해자의 협박에 시달리다가 이민을 간 사람도 있었다. 아주 오래전부터 비슷한 일이 반복되었다고 의사는 말했다.

어떻게 그런 일이 반복될 수 있느냐고 나는 그에게 물어보았다. 그런 감정을 느껴본 적이 없느냐고 의사는 내게 되물었다. 다른 연대자가 순결하지 않다는 느낌을 받은 적이 없느냐고. 또다른 연대자에게 분노를 느낀 적이 없느냐고. 나는 바로 대답하지 못했다. 사회적으로 이슈가 되는 일일수록 항상 그 현장에는 자기 밥그릇을 채우려는 은밀한 욕망을 가진 사람들도 함께 있었다. 재래시장에서 기념사진만 찍고 떠나가는 정치인처럼 행동하는 사람들도 보았다. 조금씩 마음을 보태는 사람부터 현장에 상주하며 함께 싸우는 연대자, 그리고 피해 당사자까지, 이 모든 이들이 백 퍼센트 순결하지 않은 경우를 사람들은 용납하지 않았다. 피해자들로부터 받은 피해를 침묵함으로써 피해자들을 그나마 지켰다고 의사는 덧붙였다. 가슴에 묻으라고, 평생 누구에게도 말하지 말라고, 조용히 이 일에서 손을 떼고 사라지라고 의사는 내게 말했다. 그 의사가 건넨 권고는 진심이었다. 내가 정말로 듣고 싶었던 말이면서도 끝까지 듣고 싶지 않았던 말이 그 말이라는 걸 그때 처음 알았다.

냄비를 테이블 한가운데에 놓았다. 각자의 젓가락을 냄비에 넣어 라면을 덜었다. 유난히 맛있게 라면을 후룩후룩 먹고 있던 영혜가 말했다.

"정말 맛있네요. 어릴 때는 엄마가 라면을 못 먹게 했어요. 친구네에 놀러가서나 먹을 수 있었어요. 레스토랑에서나 먹을 수 있는 치즈오븐스파게티처럼요."

영상 속에서 민조는 아이가 아침으로 먹다 남긴 밥을 먹고 있었다.

"라면을 못 먹게 하는 엄마가 바로 저예요. 아이에게 아토피가 있는지라. 저도 라면을 좋아했던 사람인데 언젠가부턴 아이가 먹을 수 있는지 없는지만 고민하면서 살았어요."

나도 라면에 대한 견해를 보탰다.

"저는 혼자 먹는 건 안 좋아해요. 이렇게 사람들하고 같이 먹을 때가 맛있어요."

모두가 입을 모아 내 말에 동의했다.

꽁꽁 얼어버린 그릇을 뜨거운 물로 녹였다. 새 물을 담아 문밖에 내놨다. 자동차 밑에 고양이들이 웅크리고 있었다. 그중 한 마리가 천천히 다가왔다. 한 발씩 다가올수록 고양이의 눈동자에 경계심이 짙어졌다. 나는 한 발 뒤로 물러났다. 빠르게 도망갈 수 있도록 고양이는 발을 최대한 뒤쪽에 두고 목을 쭉 빼서 물을 마셨다. 다른 고양이들도 차례대로 차 밑에서 나왔다. 마지막으로 새끼 고양이가 나왔다. 걷는 것이 익숙지 않은지 뒤뚱거렸다. 한참 뒤에야 새끼 고양이가 물그릇으로 다가왔다. 새끼 고양이는 물그릇에서 한 발 떨어진 곳에 웅크려 앉아 다른 고양이들이 물을 마시는 것을 바라보았다. 새끼 고양이가 물그릇으로 다가오자 다른 고양이가 이를 드러내고 하악거리는 소리를 냈다. 차 밑에서 체온을 나누어왔으면서도 마실 물을 나누고 싶지는 않은 모양이었다. 고양이들이 물을 다 마시고 차 밑으로 돌아간 이후에야 새끼 고양이는 물을 마셨다. 그리고 천천히 차 밑으로 돌아갔다.

민조는 이제 아이를 데리러 갈 시간이라고 했다. 외투를 입고 가방을 챙겼다. 아이와 함께 시댁 어른 병문안을 가야 하기 때문에 밤에나 채팅방에 접속할 수 있을 거라고 민조는 말했다. 우리도 함께 바깥바람을 쐬면 어떻겠냐고 지원이 말했다. 펜션에 온

후로 처음 하는 외출이었다.

지원이 차 보닛을 노크했다. 차 밑에서 고양이 두 마리가 튀어나와 옆에 세워져 있는 자동차 밑으로 들어갔다. 영혜가 차에 시동을 걸었다. 히터를 틀었다. 조금씩 따뜻해질 거라고 영혜가 말했다. 지원이 매일 산책하던 그 산을 함께 산책해보자고 규미가 말했다. 지원의 안내에 따라 영혜가 핸들을 돌렸다. 똑같이 생긴 나무들이 빽빽하게 펼쳐져 있었다. 나무는 가느다란 가지 위에 두텁게 쌓인 눈더미를 견디고 있었다. 햇빛은 없었지만 눈 때문에 밝았다. 우리는 다시 한 명의 발자국처럼 보이는 네 명의 발자국을 찍어나갔다.

전나무와 잣나무와 소나무와 리기다소나무의 차이점에 대해 우리는 이야기했다. 지원이 장갑을 벗었다. 몸을 숙여 눈밭 위에서 무언가를 주워 우리들에게 보여주었다.

"소나무 씨앗 날개예요."

지원의 손바닥 위에 있는 건 새까만 씨앗과 연약한 곡선을 이루며 그 씨앗을 둘러싸고 있는 날개였다. 우리는 각자 허리를 굽혀 여기저기에서 씨앗 날개를 하나씩 찾아냈다. 공중에서 떨어뜨려 보았다. 회오리를 그리며 맥없이 하강했다. 지원이 내민 씨앗 날개를 호주머니에 넣고 다시 걸었다. 똑같은 풍경이 똑같이 지나갔다. 발끝이 차가웠다. 볼이 얼얼해지고 입가가 빳빳해졌다. 하얀 입김만이 우리의 얼굴 앞에서 희미하게 피어오르고 있었다. 다시 이 숲을 믿음이, 소망이, 사랑이, 진실이와 함께 와야 한다고 지원이 혼잣말을 했다.

우리와 끝까지 연대한 피해자들은 1심에서 승소했다. 우리를 향한 비난이 비이성적이고 불합리한 것 아니었냐는 의견이 인터넷을 돌아다니기 시작했다. 나래의 블로그는 비공개로 전환되었다. 나래와 의견을 같이했던 사람들 몇몇은 아예 사라져버렸다. 우리도 누군가의 눈에는 사라진 사람들이 되어 있을 것이었다. 숲이 깊어지기 시작하자 나무들의 키가 훌쩍 커졌다. 눈은 새하얗고 두터웠다.

"우리가 작아지고 있는 것 같지 않아요?"

지원이 말했다. 우리는 고개를 꺾어 끝이 보이지 않는 나무들을 올려다보았다.

"왜 목소리는 커지는 걸까요."

영혜가 나무 끝을 향해 말하듯 고개를 젖히고 있었다. 나는 입을 벌려 아, 아, 아, 소리를 내보았다. 내 목소리가 나무들 사이를 비집고 메아리쳐 돌아왔다. 숲 한가운데에서 우리는 멈춰 섰다. 커다랗고 동그란 눈덩이 하나가 놓여 있었다. 누군가 눈사람을 만들다가 포기한 듯했다.

"누가 여기까지 왔나봐요."

규미의 말에 우리는 모두 장갑을 벗었다. 바닥의 눈을 두 손으로 뭉쳤다. 한 사람이 뭉친 눈에 다른 사람이 뭉친 눈을 더했다. 쪼그려앉아 눈덩이를 굴렸다. 두 손으로 눈덩이를 토닥이고 다시 굴렸다. 넷이서 눈덩이를 들어올렸다. 누군가 만들어놓은 눈덩이 위에 우리가 만든 눈덩이를 올려놓았다. 영혜가 눈밭에서 솔방울을 찾아왔다. 지원은 나뭇가지를 주워왔다. 나와 규미는 돌멩이를 찾아왔다. 이목구비를 만들고 두 팔을 만들었다.

"오늘밤에는 글을 완성할 수 있을까요."

내가 물었다. 지원과 영혜는 답이 없었다.

"할 수 있지요."

규미가 답했다. 규미에게 차마 물어볼 수 없었던 것들을 오늘밤 규미가 먼저 말해주면 좋겠다고 나는 생각했다. 오늘은 우리가 함께하는 마지막날일지도 몰랐다. 영혜가 주머니에서 핸드폰을 꺼냈다. 카메라 화면에 모두의 얼굴이 담길 수 있도록 우리는 얼굴을 더욱 가까이했다. 눈사람까지 다섯 명. 다섯 명의 얼굴이 사진에 담겼다. 눈사람만 그곳에 두고 우리는 뒤돌았다. 우리의 발자국에 발자국을 넣어가며 나왔다. 우리만큼 커져가던 우리의 목소리도 우리만큼 작아져갔다. 눈사람이 우리 대신 그곳에 서 있을 것이다. 점점 작아질 것이고 언젠간 사라질 것이다. 저수지의 얼음이 녹고 깊은 물속으로 빙어가 돌아가면 사람들은 뜸해질 것이다. 눈과 사람과 눈사람이 사라진 계절에 고양이들은 차 밑에서 나와 햇볕을 쬘 것이다.

"다들 거기 계신가요?"

단체 채팅방에 한 개의 메시지가 도착해 있었다. 밤이 올 때까지 접속할 수 없다던 민조였다.

"아직 여기에 있어요."

영혜가 민조를 포함한 모두에게 우리들이 눈사람과 함께 찍은 사진을 보냈다.

발문

-

윤이형

(소설가)

모래로 만든 눈사람

나는 임솔아를 2016년 11월에 처음 만났다. 그의 첫인상은 다소 무서웠다. 그의 첫 장편소설 『최선의 삶』을 읽은 건 그 한 달쯤 뒤였는데, 그 책은 조금 더 무서웠다. 그뒤로 약간의 시간을 함께 보내고, 여러 일들을 같이 하며 이 사람이 자신을 무서워하는 사람들 때문에 종종 많이 외롭겠구나, 하고 생각하게 되었다. 단단해지고 싶어서 자기의 말랑말랑한 부분을 떼어내 냉동실에 넣어 얼리는 사람은 단단한 사람일까 말랑말랑한 사람일까. 이것이 그의 첫 소설집을 읽으며 내가 하게 된 생각이다. 아직까지 임솔아와 많이 친해지지는 못했지만(몇 달 전에 처음으로 단둘이 몇 시간을 함께 보낼 일이 있었는데 스몰 토크에 재능이 대단히 부족한 두 사람이 그러고 있기가 너무 힘들어서 결국 다른 사람들을 불러냈다) 나는 가끔 세상에 정전이라는 게 있어서, 그의 냉장고 전원이 꺼질 때가 있어서 다행이라고 생각한다. 그의 어떤 부분들이 따뜻한 곳에서는 어떤 모습을 하고 있는지 나는 소설 밖에서 가끔 엿볼 수 있었고, 그것이 좋았다.

여행자가 된 고통들

임솔아 소설에 나오는 인물들을 현실에서 만난다면 물어보고 싶은 것이 있다. 당신의 고통은 잘 있나요? 지금 방에 있나요, 아니면 잠시 외출했나요?

임솔아 소설의 인물들은 '아프다'고 하지 않는다. 그들이 절대로 하지 않을 말이 있다면 '나는 고통스럽습니다. 내 아픔을 이해해주세요. 위로가 필요해요'일 것이다. 그런 말들은 자신의 고통을 이물감 없이 받아들인 사람, 고통에게 편한 파자마를 내주고 자기 안에서 소지품을 잔뜩 늘어놓은 채 한낮까지 늦잠을 자도록 허락해준 사람의 입에서 나오는 말들이다. 임솔아의 인물들은 다르다. 그들은 자신의 고통에게 이질감을 느낀다. "아프다는 것은 나 자신이 나 자신을 지나치게 주장하는 것을 듣고 있어야만 하는 느낌"(「뻔한 세상의 아주 평범한 말투」)이라고 그들은 말한다. 고통이 자기 안에 있는 느낌이 지나치게 뜨거워서 그들은 입안 가득 얼음을 넣고 우적우적 씹거나, 신발과 양말을 벗고 맨발로 거리를 걸어다닌다. 그 뜨거움을 긍정하기보다는 몸이 얼얼해지고 볼 근육이 마비되도록 차가워질 때까지 추운 거리를 헤매면서 감각이 무뎌지기를 기다린다. "기분은 좀 어때" 하고 누군가 물으면, 어떻다고 대답하지 않고 "어때야 하는데"라고 되묻는다(「줄 게 있어」). 그들은 자신들이 "유독 힘들게 살아왔다고 생각하지 않"으며, "살아가다보면 누구나 겪는 만큼, 딱 그 정도만 힘들게 살았다고" 생각한다(「병원」).

자신의 고통을 과장해 발설하지 않고 객관화하는 능력이 어른의 자질이라면, 그들은 언제부터인지도 알 수 없게 이미 어른인지도 모른다. 하지만 고통의 객관화 역시 자기 안에 고통이 충분히 스며들어야 가능하다. 자기의 고통을 자기가 인정해주어야 가능하다. 임솔아의 인물들에게는 그런 일이 일어나지 않는다. 고통은 그들 안에 스며들지 않고 미끄러진다. 그들에게 인정받지 못하고 한몸이 되지 못한 채 쫓겨나간다. 정식 거주자가 아니라 임시 거주자, 여행자가 된다. 잠긴 문 밖에서 열쇠를 가진 사람이 올 때까지 우두커니 서서 기다린다.

임솔아의 인물들은 자기 안에 고인 '괴괴한 날씨'를 소화하고 다스리는 법을 터득해 어른이 된 사람들이 아니라, 빨리 소화를 해서 어른이 되라면서 억지로 괴괴함을 밀어넣는 '착한 사람들'의 손길을 견디지 못하는 사람들이다. 그리하여 결국 창문을 열고 그

것들을 밖으로 밀어버리는 행위가 필요해진다.

「줄 게 있어」에서 영후의 아버지는 친한 친구인 기열을 잃은 영후에게 "네 잘못이라는 생각을 버려야 한다"고 말한다. 그는 기열이 영후를 만나러 가다가 죽었기 때문에 영후가 죄책감을 느낄 거라고 생각한다. 그러나 영후는 "내가 잘못했다고 생각해본 적이 없다"는 사실을 깨닫는다. "생각해보지도 않은 생각을 어떻게 버릴 수 있는 건지" 알 수 없으며, "아무 잘못도 하지 않았으며 아무 잘못도 하지 않았다고 생각하는 것. 그 점이 나의 잘못인 것 같았다"고 말한다. 죄책감을 버리라고 말하면서 실은 죄책감을 강요하는 아버지 때문에 영후는 아프다. 아버지는 영후가 자기 안에서 스스로 고통을 발견하게 놔두거나 기다려주지 않는다. 영후에게서 발견된 고통에 이름이 없는 것도, 크기가 작은 것도 그는 견디지 못한다. 그는 기열이 영후에게 주려고 했던 개쑥갓을 굳이 화분에 심고는 그것을 "잘 키워보자"고 한다. "우리 영후가 참 멋지게 아프고 있구나" 하고 칭찬한다. 영후는 미처 이름도 붙여주지 못한 자신의 고통에 타인의 프레임이 씌워진 것을 참지 못하고 그것을 자기 밖으로 밀어낸다. '병들었다'는 말에 꽁꽁 묶여 있는 느티나무에서 수액 주머니를 뜯어내 던져버리고, 나무를 묶고 있던 밧줄을 끊어버린다.

이런 일련의 과정 끝에 영후와 함께 있던 라자로 선생이 마치 영후의 아픔을 가져가듯 병으로 죽는다. "줄 게 있어"라는 기열의 마지막 말을 떠올린다면, 고통은 기열에게서 영후에게로, 다시 라자로 선생에게로 옮겨간 것처럼 보인다. 그러나 고통은 한 사람에게서 다른 사람에게로 말끔히 옮겨질 수 있는 성질의 것일까? 임솔아의 세계에서는, 적어도 처음에는, 그렇지 않다. 고통은 각 개인에게 고유한 것이며, 그래서 쉽게 나눌 수 없다. 개인들은 모두 모래 알갱이처럼 단독자로서 살아가야 한다. 각자의 고통을 침해하거나 바깥에서 함부로 재단하거나 남의 고통을 억지로 받아들이라고 말하는 것은 말이 안 되는 행위이다. 라자로 선생이 병을 가져가고 대신 하품을 선물해준 다음에도 영후는 여전히 길가의 개쑥갓을 향해 "줄 게 있어" 하고 중얼거리지만, 그는 누구에게도 그것을 줄 수 있을 것 같지 않다. 임솔아의 인물들이 지닌 고통은 그들의 내면에 정식으로 승인받아 머무르지 못하지만, 아무리 창밖으로 밀어내도 그들의 내면으로 돌아가 끝끝내 거기에 묵으려 한다. 당연하지만 여행자에게도 잘 곳이, 먹을 음식이 필요하기 때문이다. 몇 시간, 하루, 며칠에 해결되는 것이 아니라면 고통 또한 어딘가에 머물러야 한다.

임솔아의 인물들은 그렇게 머무를 곳을 찾으며 눈치를 보는 자신의 고통과 친해지지 못하고 불화하거나 데면데면한 관계를 유지한다. 아픔이 느껴지면 그들은 혼란스럽다. 자신의 고통이 어디까지 타의에 의해 오염된 것인지, 또한 어디서부터 자신의 것인지 구분하지 못하기 때문에 그들은 그것을 믿지 못한다.

겹겹의 사정들, 프레임의 무게

그렇다면 이런 혼란은 어디서부터 연유했을까. 「병원」에는 알약을 120알 넘게 삼킨 후 병원에 입원한 유림이라는 인물이 등장한다. 유림의 입에서 나오는, 자신의 상태를 설명하는 첫번째 말은 '아프다'나 '괴롭다'가 아니라 "제가 지금 사정이 있어서요"이다.

임솔아의 인물들에게는 각자 사정이 있다. 그들은 "가구의 위치를 바꾸려면 그 자리에 있는 가구를 또다른 가구 위에 쌓아야" 하는 세계에서 산다. 그곳은, 조금이라도 좋은 생활공간을 만들기 위해 침대 위치를 바꾸려면 침대를 분해해야 하고, 그러려면 비싼 공구를 주문하고 수일을 기다려야 하는데, 그러기에는 너무 과하다는 생각이 드는 세계, 방안에 앉은 채 모두가 모두와 대화를 나눌 수 있는, 사생활이 보장되지 않는 원룸텔의 세계이다. 결코 냉동실이 자기 혼자 깨끗해지는 일이 없는 세계이며, 뒷골목 함박스테이크 집하고는 차원이 다른 맛 같아서 먹어보지만 실은 뒷골목 함박스테이크 집에서 배달받아 파는 요리들이 나오는 세계이다. 인명구조요원이 되더라도 진짜로 사람을 구하는 게 아니라 의자에 앉아 "나처럼 인명구조요원 자격증을 따기 위해 연습하는 사람들을 구경"하는 일이 자신의 미래가 될 것임을 아는 사람들이 거주하는 세계이다(「다시 하자고」). 어떤 디테일들이 이 세계에서는 결코 생략되는 법이 없다. 무언가가 가려지는 사각지대가 없다.

그동안 사각지대였던 곳들로 세계 전체가 구성되어 있기 때문이다. "어째서 아무도 보지 못했을까. 어째서 아무도 듣지 못했을까. 어떻게 모두가 한 가지만을 바라보고 말하는 일이 생길 수가 있을까. 그 누구도 어떤 것을 전혀 못 보고 못 듣는 일이 어떻게 생길 수가 있을까." 「줄 게 있어」에 나오는 영후의 이 독백은 작가 임솔아가 세계를 구성할 때의 원칙이라고 해도 크게 무리가 없어 보인다. 아무것도 없다고 치부되지만 아무것도 없는 게 전혀 아닌 곳에 그는 카메라를 들이대고 모든 것을 환하게 드러내고자 한다. "있고 싶어요"라고 말하면 "그래, 잊어야지"라고 대답하는 사람들에게 맞서 끝끝내 어떤 삶과 어떤 사람들을 '있다'고 말하면서.

외국에서 발가락이 잘리는 사고를 당한다고 치자. 최초의 충격과 통증이 사라지면 그 일을 슬퍼할 수 있는 사람들이 있을 것이다. 그러나 임솔아의 인물들은 아니다. 이곳은 보험회사와 항공사와 수지접합 전문병원과 신용카드 회사에 전화를 걸어 각각 다른 부탁과 사정을 해야 하며, 항공권과 병원비와 식대, 숙박비와 와이파이 요금과 국제전화비와 택시비를 합치면 "합계 삼백구십칠만 오천원. 하루에 사십팔만 오천원씩 추가될 거야"라는 계산이 나온다는 사실이 낱낱이 적시되는 세계, 그 계산을 하는 동안에도 택시 미터기가 계속 올라가는 세계이기 때문이다(「신체 적출물」). 이런 세계에서 고통은 시공간을 확보하지 못한다. 물리적으로 불가능하다. 이것이 임솔아 소설에서 고통이 거주자가 아니라 여행자로 존재할 수밖에 없는 첫번째 이유이다.

그럼에도 임솔아의 인물들은 '최선의 삶'을 산다. 임솔아 시의 한 구절을 빌려와 말하자면, 그들은 "공중에 가만히 멈춰 있는" 것처럼 보이지만 실은 "필사적으로 날아가고" 있는 새들이며, "제자리인 것 같은 풍경이 실은 온 힘을 다해 부서지고 있다는 걸 알고 있는 모래들"이다(「옆구리를 긁다」, 『괴괴한 날씨와 착한 사람들』, 문학과지성사, 2017). 그들은 자신이 아무것도 아니라고 생각하지 않지만 사회는 그들이 아무것도 아니며 따라서 아무런 가치도 없다고 생각한다.

다시 「병원」으로 돌아오면, 유림의 사정은 조금 더 복잡하다. 베이커리 아카데미에서 파티시에 수습생으로 일하던 그는 파견 나간 일터에서 실수를 저질러 기계를 고장 낸다. 몇천만원에 달하는 손해배상금을 면제하는 대신 육 개월간 무급으로 일하라는 명령을 받지만, 그에게는 당장의 생활비조차 없다. 막막한 심정에 자살을 기도하고 병원에서 깨어났으나 병원비를 낼 수 없고, 보험 혜택을 받으려면 정신병력을 인정받아야 한다는 말에 정신과를 찾아갔으나 진단서를 받기 위해 필요한 보호자 동의를 받을 수 없다. 그의 가족은 뿔뿔이 흩어져 살고 있기 때문이다.

의사는 유림이 진짜로 미쳤든지, 미치지 않았지만 보험료 때문에 진단서를 받아야 하는 사정이 있든지 둘 중 하나라면 정신병력을 인정하는 진단서를 써줄 수는 있다고 하면서 후자의 행위를

'윤리적인 거짓'으로 명명한다. 미치지 않은 사람에게 미쳤다는 진단서를 써주는 행위. 그것은 임솔아가 견디지 못하는 '착한 사람들'의 폭력이다. 자신이 건강한 사람, 선한 사람, 정상인이 되기 위해 타인에게 아픈 사람, 불쌍한 사람, 비정상이라는 꼬리표를 붙이는 행위이다. 유림은 그 '윤리적인 거짓'이 싫지만 결국 거기에 동조해 자신에게 있지도 않은 폭력 성향을 지어낸다. 그래야만 진단서를 받고 보험 혜택을 얻어내 당장 목숨을 부지할 수 있기 때문이다. 자신의 폭력성을 반성하는 글을 쓰면서, 동시에 자신의 환경을 불우한 것으로 묘사해 "오래전부터 스스로를 어른이라고 여겼"던 자신을 스스로 타자화하면서, 유림은 어깨를 들썩이며 웃는다. 사회가 '정상'이라고 규정하는 윤리적인 거짓에 동조해야만 생존할 수 있는 임솔아의 인물들은 이렇듯 겹겹의 고난에 갇힌 부조리극 속의 배우들이다. 그들은 살기 위해 고통을 위조하여 스스로를 오염시켜야 하고, 정상으로 판정받기 위해 끝없이 연기를 해야 한다. 이것이 고통이 그들의 내면에 편안하게 머무를 수 없는 두번째 이유이다. 가짜 고통이 진짜 고통을 밀어내는 것이다. 결코 "죽고 싶었던 적은 없"지만 자살 기도를 하고, "잘 살고 싶었지만 죽는 것밖에는 방법이 없"는 상황은 이렇게 해서 만들어진다.

「선샤인 샬레」에서 해안가에 위치한, 세상으로부터 숨겨진 히든 룸 빌라에 살며 일을 하는 '나'는 그곳이 마음에 들고 편안하다고 느낀다. 그는 다음과 같이 말한다. "그들은 이곳에 있는 많은 것들을 그러나 반갑게 즐기다가 떠났다. 아무것도 없다는 곳에 있는 것들을 그들에게 굳이 설명할 이유는 없었다. 그건 부러워할 일도, 안타까워할 일도 아니라는 것도." 그는 이곳에서 일하는 사람이지만 이곳에 잠시 머무르는 여행자이기도 하며, 그러면서도 이곳의 주인처럼 느끼고 살아간다. 어쩌면 이것은 임솔아의 인물들 내면에 거주하는 고통에게 주어질 수 있는 가장 좋은 상태이지 않을까. 장소에 받아들여지고 자신도 그 장소를 받아들이는 상태 말이다. 단단한 것, 중요해 보이는 것이 없다고 해서 가치 없는 것은 아님을 알고 있는 '나'의 이러한 상태는 그러나 하루아침에 도달할 수 있는 것이 아니다. 이런 '나'의 상태에 가까워지기 위해 임솔아의 인물들은 수없이 자기 고통을 의심하고 밀어내며, 자신을 감금하는 타의에서 벗어나려 한다. 그러나 그 일은 쉽지 않다. 나의 고통이 가짜가 아니라 진짜라는 것을 알게 되었을 때 그것은 종종 유리병에 담긴 발가락처럼 이미 '신체 적출물'이 되어 내 몸에서 떨어져나와버린 상태이며, 뒤늦게 지키고 싶어도 세상의 규칙에 따라 폐기될 수밖에 없는 상황에 놓여 있다. 나의 내면을 차지한 타의들, 즉 "프레임"을 버려버리고 싶다는 욕망 역시 실현하기 어렵다. 집주인이 프레임을 버리도록 허락하는 일도 드물거니와, 프레임이라는 것은 제법 무거워서 내던지면 "누군가 투신자살한 것이 아닐까" 싶을 정도로 커다랗게 쿵 소리가 나는 물건(「다시 하자고」)이기 때문이다. 그럼에도 그들은 누군가와 함께 방을 꾸

미고 일기를 쓰면서 새롭고 나은 삶을 모색하고자 한다. '양고기 맛 사료를 먹지만 양고기는 안 먹어본 고양이' 같은 자신들의 상태를 마주보며 그들은 "다시 하자"는 말을 멈추지 않는다.

순결하지 않은 자들의 연대

「추앙」은 이 소설집에서 조금은 다르게 느껴지는 작품이다. '문단 내 성폭력' 고발 운동의 일환으로 쓰인 피해 고발의 서사이기 때문이기도 하지만, 나는 이 소설을 임솔아의 인물이 처음으로 고통을 주인으로, 자기 내면의 정식 거주자로 온전히 인정하는 모습이 드러난 서사로 읽었다. 이 소설과 비슷한 시기에 쓰인 것으로 추정되는 시 「빨간」(『괴괴한 날씨와 착한 사람들』)에서 화자는 또렷이 말한다. "눈물을 흘리면 눈알이 붉어졌다 고통에 색이 있다면 그 색으로 나는 이루어져 있을 것이다 창문이 열려 있다면 창문을 넘어 번져가 창밖의 은행나무와 횡단보도와 건너편 건물의 창문까지 부글부글 타오르는(창문을 열어줘) 저것을 나는 고통의 색이라고 말할 것이다 사람의 피가 빨갛다는 말을 믿고 있다 새빨간 태양이 떠오를 때처럼 점점 눈이 부시다". 이 시에서 고통은 더이상 창문 밖으로 밀려나는 대상이 아니라, 스스로 창문을 넘어 번져가 건너편 건물의 창문까지 닿고자 하는 주체이다. 고통은 인물의 피부에 스며들고 혈관 속에 스며듦으로써 비로소 자신의 색을 갖게 되고, 그 색은 "사람의 피"의 색깔이다. 「추앙」에서 정원은 임솔아의 다른 인물들처럼 정상으로 판정받고 '윤리적인 거짓'에 소속되기 위해 "가슴이 무너진 경험을 일부러" 말한 적이 있지만, 그런 이유로 자신의 고통을 가짜라고 여기며 창밖으로 밀어내지는 않는다. 정원은 그 대신 저항을 선택한다. 폭력을 저지르거나 묵인하고도 온갖 윤리적인 기호들을 끌어와 자신을 치장하는 현석과 B강사, A교수와 같은 사람들이 "어떤 부당함을 시적 특권으로 포장"했으며, "그 특권을 누리는 자들은 그것을 '디오니소스적인 것'이라고 표현하고는 했지만, 그들의 디오니소스적인 면모는 타자, 그중에서도 유독 약자 앞에서만 강하게 분출되는 특징이 있었다"고 고발한다. "시적 자유와 낭만성으로 포장되는 모든 폭력이 싫습니다"라고 정원은 분명히 말한다. 그의 고통은 어느새 분노로 변해 있다. 정원 자신이 그것을 받아들여주었기 때문이다. 그리고 그 분노는 거짓을 정확히 겨냥하고 조준하는 단단한 힘이자 목소리가 된다.

그렇다면 무슨 일이 일어난 것일까. 왜 「빨간」과 「추앙」은 이토록 붉을까. 어떻게 이 고통들은 내면을 미끄러져 겉돌지 않고 이토록 빨갛게 스며들 수 있었을까. 이 고통들이 다른 고통들보다 진정하기 때문이 아니라, 이 두 편의 글이 쓰인 방식이 다른 글들과는 다르기 때문에 그런 일이 가능했을 거라고 나는 조심스럽게 짐작해본다.

「빨간」과 「추앙」은 혼자서 쓴 글로 읽히지 않는다. 이런 표현이 가능하다면, 이 글들은 혼자 썼지만 같은 종류의 아픔을 지닌 수많은 사람들과 함께 쓴 글로 읽힌다. 그들은 단어와 단어 사이, 문장과 문장 사이에 자리를 잡고는 자꾸만 흩어져버리려는 고통을 한데 모아 뭉쳤을 것이다. 고통이 자신들 사이를 그냥 통과해버리지 않도록 촘촘히 붙어서서 손을 잡았을 것이다. 「추앙」에서 정원은 자신의 고통을 드러내는 최초의 한 문장을 자퇴원에 쓰지만, '그것만으로는 부족해 보여서' 매일 그 앞뒤에 문장을 첨가한다. 정원에 따르면 "객관적인 사실을 드러내는 동시에 주관적인 고통을 전달해야 했다. 개인적 경험이나 아픔을 드러내는 것에 그쳐서는 안 되었다". 이때 문장의 앞뒤에 또다른 문장들을 첨가하는 사람은 정원이지만, 그 문장들은 정원이 만난 적 없는 미지의 타인들에게서 온 것이다.

이 글쓰기는 「병원」에서 유림이 해야만 했던 거짓에 살을 붙여가는 글쓰기, 자기 고통을 타자화하는 글쓰기와는 구별된다. 매일 조금씩 첨가되는 문장 속에 들어 있는 것이 자신의 고통에 대한 염오와 의심이 아니라, 타인들의 고통에 대한 믿음이기 때문이다. 싸움을 하려는 사람은 물론 매 순간 엄격하게 자신을 의심해야 한다. 그러나 자신이 싸우려는 대상보다 자신을 더 많이 의심하는 사람은 결코 몸을 움직일 수도 싸움을 시작할 수도 없다. 싸우는 사람이 미처 다 신뢰할 수 없는 자신을 마저 신뢰해주는 것은 함께 싸우는 타인이라는 것을, 그렇게 서로를 믿고 부족한 곳을 채움으로써 단단한 고통의 연대를 만들 수 있고 저항을 시작할 수 있다는 사실을, 「추앙」의 정원은 알고 있는 것처럼 보인다. 혼자서는 끝없이 미워해야 했던 자신의 고통을 그들은 함께 있음으로써 자신의 것으로 받아들일 수 있게 된다.

그러나 이런 신뢰 또한 언제나 순탄하게 지속되는 것은 아니다. 「눈과 사람과 눈사람」에서 인물들이 겪는 곤경은 임솔아의 다른 인물들이 처해 있던 사각지대의 곤경들보다도 한층 더 복잡하다. 그들은 자신들이 연대했던 성폭력 피해자로부터 오해로 인한 공격을 받고 가해자의 위치에 놓인다. 이것은 부당한 일이지만, 그들은 자신들의 고통을 발설할 수 없다. 그들이 심정을 토로하여 피해자의 말이 사실과 다르다고 말하면, 가해자들이 그것을 자신들에게 유리한 방향으로 이용할 것이 뻔하기 때문이다. 그들은 누구에게도 말할 수 없는 자신들의 사정, 침묵해야 했던 사실들을 글로 쓰기로 마음먹지만, 그 글 또한 난관에 부딪힌다. 애써 쓴 문장들을 그들은 하나씩 지워나간다. "피해자들로부터 받은 피해를 침묵함으로써 피해자들을 그나마 지켰다"는 의사의 말 때문이다. 그 결과 "두리뭉실하게 옳은 말들. 이 뜻도 저 뜻도 아닌 중립적인 말들. 아무도 정확하게 알아들을 수 없는 말들만이 겨우 살아남아 있었다. 오직 착하고 선한 말들. 선의만 남겨놓느라 공허해진 글이 되어가고 있었다"고 '나'는 말한다.

「눈과 사람과 눈사람」의 인물들은 싸우는 동안 자신의 고통을 믿는 법, 받아들이는 법을 간신히 배웠으나 그 고통은 사회로부터도, 함께 싸웠던 사람들로부터도 승인받을 수 없는 종류의 고통이다. 처음 시작할 때 연대는 서로에 대한 믿음으로 맺어졌지만, 그 믿음에 흠집이 나자 그들은 무결함을 증명하라고 요구받는다. 그러나 그들의 면면을 살펴보면 알 수 있듯 그 무결함은 애초부터 그들에게 없었다. 그들뿐 아니라 어떤 인간에게도 그런 무결함은 없다. 진짜가 아닌 고통을 끊임없이 자기 밖으로 밀어냄으로써 진짜가 되고자 했던 임솔아의 인물들은 「눈과 사람과 눈사람」에 이르러 고통과 한몸이 되고, 고립된다. 그들은 자신들의 고통과 함께 창문 밖으로 밀려난다.

이제 그들은 어떻게 해야 할까. 누군가를 지킬 수 있지만 타자화라는 함정을 피해 가기 어려운 '착한 글'을 써서 또다시 '윤리적인 거짓'을 만들어내야 할까? 혹은 곧이곧대로 모든 것을 밝혀서 피해자를 가해자들에게 노출시켜야 할까? 어떻게도 할 수 없는 상황에서 그들은 다시 글을 쓰기로 한다. "오늘밤에는 글을 완성할 수 있을까요"라는 질문에 "할 수 있지요"라고 대답하면서. 그들이 계속하는 불가능한 글쓰기는 순결하지도, 그렇다고 쉽게 사라지지도 않는 고통을 자신 안에서 긍정하고 돌보는 행위와 닮아 있다. 그들은 어떤 명쾌한 결론도 아직 내리지 못했지만, 적어도 자신들의 고통에게 제대로 밥을 먹여주고 편하게 잠을 잘 수 있도록 잠자리를 봐주는 법을 조금씩 배워가는 중이다. 더이상 자신을 미워하지 않고 침묵하지도 않으면서, 언젠가는 녹아 사라질 눈사람을 만들듯 그들은 함께 글쓰기를 계속한다. 자신의 고통을 온전히 긍정할 수 있는 사람만이 타인의 고통 또한 제대로 존중할 수 있다는 사실을 알기 때문이다.

모래의 글쓰기에서 눈의 글쓰기로

나는 임솔아를 아주 조금밖에 알지 못한다. 글을 쓰고 있지 않을 때의 그는 "돈을 벌기 위해서가 아니라, 눈을 마주치며 누군가와 말을 해보기 위해 이 가게를 열었어요" 하고 말하면서 길거리의 고양이들과 눈을 마주치는 사람에 가깝다. "고양이들은 다른 사람이 쳐다보면 자세를 낮추고 있다가 도망을 가요. 고양이들이 내 눈빛을 받아주기 시작하면서 나도 사람의 눈을 보면서 말할 수 있게 되었어요"(「다시 하자고」)라면서, 고양이들을 소개하는 말을 통해 자신을 소개하는 사람에 가깝다. 내가 아는 그는 다른 사람을 걱정하느라 종종 "마룻바닥의 끄트머리에 쪼그리고 앉아 있"(「눈과 사람과 눈사람」)는 사람이고, "정상이라는 것이 실재하지 않는다는 걸 언니에게 말하고 싶은데 그래도 되는지 판단할 수 없어서" 아파하는 사람이다. 그러나 말해야 할지 말하지 않아야 할지를 오래 고민하다가 언제나 마지막에는 말하기로 결심하는 사람, "선한 폭력이라는 건 누가 판단해요?"(「뻔한 세상의 아주 평범한 말투」) 하고 아무도 쉽게 던지지 못하는 질문을 던지는 사람이기도 하다.

나는 임솔아의 소설에 나오는 수많은 일상적 노동들의 묘사를 좋아한다. 새 유니폼을 입고, 가게를 탐색하고, 청소를 하는 법과 커피 머신을 다루는 법, 포스기를 사용하는 법을 배웠다고, 가게마다 테이블 번호를 정하는 방식이 달랐고 메뉴 입력 방식이 달랐고 레시피가 달랐다고, 하나하나 말해주고 이름을 불러주는 문장들이 좋다. 냉장고에서 망고를 꺼내 깎았다고, 얼음과 함께 블렌더에 갈았다고, 망고주스를 유리잔에 따랐다고, 섬유유연제 냄새가 피어오르는 바구니에서 핸드 타월을 꺼내 돌돌 말았다고, 냉동실에 차곡차곡 쌓아두었다고, 꽁꽁 언 타월 한 장을 꺼내 목덜미를 닦았으며 트레이에는 두 장을 올렸다고, 이불을 갰다고, 싱크대에 나란히 서서 고기를 볶고 지단을 부치고 조미김을 봉지에 넣어 부쉈다고, 오늘을 위해 그저께부터 사골을 고았다고 말하는 그의 문장들을 읽고 있으면 어쩐지 외롭지 않아진다. 내가 미처 사랑해주지 못했던 나의 어떤 부분들을 온전히 인정받고 긍정받는 기분이 된다.

자신이 모래였음을 알지만, 모래가 아닌 다른 것이 되기 위해

노력하는 사람들이어서 나는 임솔아의 인물들을 좋아한다. 작가로서의 임솔아는 "네가 어떻게 나야. 웃기지 마, 개새끼야"(「줄 게 있어」) 하고 말하던 사람들이 서로를 만나 "한 사람이 뭉친 눈에 다른 사람이 뭉친 눈을 더했다. 쪼그려앉아 눈덩이를 굴렸다. 두 손으로 눈덩이를 토닥이고 다시 굴렸다. 넷이서 눈덩이를 들어올렸다. 누군가 만들어놓은 눈덩이 위에 우리가 만든 눈덩이를 올려놓았다"(「눈과 사람과 눈사람」)고 말하는 사람들로 변해갈 수 있다고 믿는 사람 같다. 혼자인 채 수두룩하던 모래들이 눈으로 변해 단단하고 정겹게 뭉쳐지고, 나누는 일이 불가능해 보였던 것들을 어느새 엄연히 나눠 가지고 있는 모습을, 그의 첫 소설집은 보여준다. 혼자 쓰지만 결코 혼자 쓰는 것만은 아닌 글을, 그는 언제나 부지런히 쓰고 있을 것 같다.

작가의 말

이 소설집에는 열여덟 살부터 스물다섯 살까지의 인물이 존재한다. 이 인물들은 여태 내가 겪어온 것들을 함께 겪은 동지들이다. 당연한 이야기 같겠지만 나는 이 당연함이 내 손끝에서 구현되는 것 때문에 겨우 살아왔다. 나는 이 인물들의 경험으로부터 출발된 인간이다. 삶을 이어갈 나와 내 소설 속 인물이 앞으로도 닮은 모습일 수 있을까. 막연히 그랬으면 좋겠다고 생각해본다. 아침에 일어나 딸기를 연유에 찍어 먹고 오후에는 벚꽃이 지는 것을 열심히 구경하고. 오늘 내가 겪은 하루처럼 이런 이야기만 적게 되더라도, 그랬으면 좋겠다. 내가 쓴 소설 곁에 내가 있고 싶다.

책을 같이 만들고 있다는 우정을 느끼게 해준 정은진 편집자, 발문에 마음을 함께 담아준 윤이형 소설가에게 감사드린다.

임솔아

| 수록 작품 발표 지면 |

줄 게 있어 …… 『문학동네』 2015년 겨울

병원 …… 『문학3』 2017년 1호

다시 하자고 …… 문장 웹진 2018년 6월

추앙 …… 『참고문헌 없음』(2017)

뻔한 세상의 아주 평범한 말투 …… 『사랑을 멈추지 말아요』(큐큐, 2018)

신체 적출물 …… 『문학과사회』 2017년 봄

선샤인 샬레 …… 『악스트』 2016년 5/6월

눈과 사람과 눈사람 …… 『대산문화』 2019년 봄

문학동네 소설집
눈과 사람과 눈사람

1판 1쇄 2019년 6월 7일
1판 3쇄 2019년 7월 19일

지은이 임솔아
펴낸이 염현숙
책임편집 정은진 | 편집 황예인 김내리 이성근 이상술
디자인 고은이 유현아 | 마케팅 정민호 박보람 나해진 최원석 우상욱
홍보 김희숙 김상만 오혜림
제작 강신은 김동욱 임현식 | 제작처 영신사

펴낸곳 (주)문학동네
출판등록 1993년 10월 22일 제406-2003-000045호
주소 10881 경기도 파주시 회동길 210
전자우편 editor@munhak.com | 대표전화 031) 955-8888 | 팩스 031) 955-8855
문의전화 031) 955-3576(마케팅) 031) 955-8864(편집)
문학동네카페 http://cafe.naver.com/mhdn | 트위터 @munhakdongne
북클럽문학동네 http://bookclubmunhak.com

ISBN 978-89-546-5642-9 03810

* 이 도서의 국립중앙도서관 출판예정도서목록(CIP)은 서지정보유통지원시스템 홈페이지(http://seoji.nl.go.kr)와 국가자료공동목록시스템(http://www.nl.go.kr/kolisnet)에서 이용하실 수 있습니다.(CIP 제어번호: CIP2019019183)

www.munhak.com